John Steinbeck

La perla

### Colección Millenium
#### las 100 joyas del milenio

Una colección publicada por **EL MUNDO**,
UNIDAD EDITORIAL, S. A.
c/ Pradillo, 42
28002 Madrid

**La perla**
Título original: *The Pearl*
Traducción de Horacio Vázquez Rial

Licencia editorial para BIBLIOTEX, S. L.
Traducción cedida por EDHASA
© Elaine A. Steinbeck, 1976
© 1999 UNIDAD EDITORIAL, por
acuerdo con Bibliotex, S. L. para esta
edición

**Diseño cubierta e interiores:**
ZAC diseño gráfico
**Ilustración:**
Eva Navarro Quijano

**Impresión y encuadernación:**
Printer, Industria Gráfica, S. A.
ISBN: 84-8130-163-9
Dep. Legal: B. 30.784-1999

De venta conjunta e inseparable con
EL MUNDO

# John Steinbeck

# La perla

TRADUCCIÓN DE HORACIO VÁZQUEZ RIAL

PRÓLOGO DE JESÚS PARDO

ILLENIUM
las 100 joyas del milenio

# Prólogo

JESÚS PARDO

Más de un crítico literario ha sugerido que la literatura, como la geografía de Estados Unidos, debiera dividirse en dos mitades: norte y sur. John Steinbeck, de aceptarse esto, podría ser considerado como el típico escritor sureño de América del Norte, más incluso que Faulkner, de quien es, en cierto modo, la contrapartida sociológica y literaria. Steinbeck es un escritor obsesionado por la pobreza del sur norteamericano, y apenas hay libro suyo en el que esto no se note desde el principio: su novela más conocida, The Grapes of Wrath (Las uvas de la ira, 1939), donde esta obsesión hace espléndida y aterradora explosión, es, mutatis mutandis, el equivalente norteamericano de La Terre, de Emilio Zola.

Obsesión que, por así decirlo, implosiona con no menos aterrador esplendor en la novela corta The Pearl (La Perla), que aquí nos ocupa. Toda la obra, digamos, social de John Steinbeck está concentrada en estas pocas páginas. Su mensaje es hondamente rural, y muy revelador de la mentalidad, sofisticada y primitiva, brutal y lírica, de su autor, una perla muy valiosa, hallada por un pescador mejicano totalmente indigente, destruye su hogar y mata a su hijo, dejándole sin esperanza. Es un mensaje sin moraleja, moral o remedio: Steinbeck expone la tragedia sin juzgarla ni suscitar ánimos. Como en una tragedia antigua, se deja al público la tarea de interpretar, valorar, y premiar o castigar.

Steinbeck, que murió en 1968 a los sesenta y seis años de edad y ganó el Premio Nobel en 1962, se distingue de otros es-

*critores del sur norteamericano en que su mente es profundamente terruñera y fatalista. Su principal medio de expresión son el cuento y la novela corta, y un análisis de sus novelas largas quizás revelase que, en realidad, son conglomerados de relatos breves cohesionados a fuerza de talento narrativo. Éstas son, por otra parte, muy pocas: además de* The Grapes of Wrath, *podemos citar* East of Eden *(Al Este del Edén, 1952), larga saga familiar que abarca desde la guerra de Secesión norteamericana hasta la guerra europea, y* The Winter of Our Discontent *(El invierno de nuestro descontento, 1961, una cita shakespeariana), atípica descripción de la desintegración moral de un aristócrata de Nueva Inglaterra bajo la presión de la vida contemporánea. Ni una ni otra están a la altura de* The Grapes of Wrath, *cuya grandeza literaria y narrativa tiene auténtica garra de león.*

*El final de* La perla *es muy detonante y muy simbólico; el indio mejicano al que ha traído desgracia, coge la perla y, por consejo de su mujer, la tira al agua. Inesperada conclusión muy propia de la compleja mente de Steinbeck: mística y al tiempo brutalmente realista, que recuerda mucho la idea central y el final de la gran película de Sacha Guitry,* Les Perles de la Couronne, *en la que la última de siete perlas que han traído desgracia a innumerables gentes durante cuatro siglos cae al mar por un descuido del que está mostrándola y desaparece en las valvas abiertas de una ostra, que las cierra al sentirla. Esta película, que fue mundialmente famosa, se estrenó en 1937, once años antes de que se publicase* La Perla. *En 1945, el actor mejicano Pedro Armendáriz protagonizó la versión cinematográfica de este relato:* La Perla, *dirigida por «el Indio Fernández» (Emilio Fernández), que fue famosa en toda Iberoamérica en su día, y de la que el crítico Paulo Antonio Paranaguá dijo que era «una denuncia maniquea, una apología del fatalismo».*

*La traducción que hace de este libro Horacio Vázquez Rial es excelente: con poquísimos fallos, nos da en casi todo momento la sensación de estar leyendo un libro escrito originalmente en castellano, aunque ni evoca ni podría evocar el tono cortante y áspero de Steinbeck, que los efectos románicos del castellano son incapaces de reproducir sin incidir gravemente en el ritmo de la narración, siempre escueta y muy elíptica, sembrada de inesperados atisbos de suntuoso lirismo tanto fonético como semántico.*

*La narrativa de John Steinbeck es una extraña combinación de realismo y ternura que con frecuencia disuenan entre sí, como si estuviesen descuidadamente aunados, por más que una lectura atenta de la obra steinbeckiana nos indicaría que ese efecto suele ser deliberado. Sus ambientaciones son casi siempre rurales, y sus personajes gente uncida vitalmente a la naturaleza y acosada por fuerzas malévolas, tanto naturales como humanas, que juntan sus esfuerzos contra ellos hasta el punto de separarles mental y psíquicamente de la vida natural para la que fueron creados.*

*Steinbeck busca con frecuencia crear situaciones extremas, cuya única salida, como en el caso de* La Perla, *sólo puede ser simbólica, lírica o mística, dejando al así acuciado en un infierno sin salida real. Es raro que este autor ofrezca soluciones realistas a sus personajes condenados a muerte en vida.*

*Algunos críticos le han tildado de un ruralismo anticuado, olvidando que la novela rural puede adaptarse al infierno industrial sin grandes modificaciones, y que no hay gran diferencia entre una helada que deja al campesino sin cosecha y una crisis económica que deja al obrero sin trabajo: la clase industrial polaca de los años 45-80, sin ir más allá, se componía de campesinos e hijos de campesinos, y su conducta ante la explotación económica no se diferenció mucho de la de clases trabajadoras veteranas, como la inglesa o la francesa.*

En La Perla, *el lector tiene un certero epigrama social de tremenda complejidad. Su lectura atenta le dará un profundo atisbo de la mente rural, llevada por la miseria a enfrentarse con extremos de codicia y despojo, de opresión ladina y mudo sufrimiento.*

John Steinbeck

# La perla

«En el pueblo se cuenta la historia de la gran perla, de cómo fue encontrada y de cómo volvió a perderse. Se habla de Kino, el pescador, y de su esposa, Juana, y del bebé, Coyotito. Y como la historia ha sido contada tan a menudo, ha echado raíces en la mente de todos. Y, como todas las historias que se narran muchas veces y que están en los corazones de las gentes, sólo tiene cosas buenas y malas, y cosas negras y blancas, y cosas virtuosas y malignas, y nada intermedio.

»Si esta historia es una parábola, tal vez cada uno le atribuya un sentido particular y lea en ella su propia vida. En cualquier caso, dicen en el pueblo que... »

# Capítulo 1

Kino despertó antes de que aclarara. Las estrellas brillaban todavía y el día sólo había extendido una tenue capa de luz en la parte más baja del cielo, en el este. Hacía un rato que los gallos cantaban, y los cerdos más madrugadores habían comenzado ya a hurgar incesantemente entre ramitas y trozos de madera, en busca de algo de comer que les hubiese pasado inadvertido. Fuera de la cabaña de paja, entre las tunas, una bandada de pajarillos se estremecía y agitaba frenéticamente las alas.

Los ojos de Kino se abrieron y él miró primero el recuadro algo más claro que correspondía a la puerta, y luego miró la caja, colgada del techo, en que dormía Coyotito. Y por último volvió la cabeza hacia Juana, su mujer, que yacía junto a él en el jergón, el chal azul sobre la nariz y sobre los pechos y alrededor del talle. Los ojos de Juana también estaban abiertos. Kino no recordaba haberlos visto jamás cerrados al despertar. Los ojos oscuros de la mujer reflejaban pequeñas estrellas. Ella le miraba como le miraba siempre cuando despertaba.

Kino escuchó el leve romper de las olas de la mañana en la playa. Era estupendo... Kino volvió a cerrar los ojos y atendió a su música interior. Quizá sólo él hiciera eso, y quizá lo hiciera toda su gente. Los suyos habían sido una vez grandes creadores de canciones, hasta el punto de que todo lo que veían o pensaban o hacían u oían, se convertía en canción. Hacía mucho de eso. Las canciones habían perdurado; Kino las conocía; pero no se había agregado ninguna nueva. Eso no significa que no hubiese canciones personales. En la cabeza de Kino había ahora una canción, clara y dulce, y, de haber sido capaz de hablar de ello, la hubiera llamado la Canción de la Familia.

La manta le cubría la nariz para protegerle del aire húmedo y malsano. Parpadeó al oír un susurro a su lado. Era Juana, que se levantaba en un silencio casi total. Con los pies desnudos, se acercó a la caja colgante en que dormía Coyotito, y se inclinó sobre él y dijo una palabra tranquilizadora. Coyotito la miró un momento y cerró los ojos y volvió a dormirse.

Juana se acercó al fuego, y separó un ascua, y la aventó para avivarla, mientras rompía ramas en trozos pequeños y los dejaba caer encima.

Entonces Kino se levantó y se envolvió la cabeza y la nariz y los hombros con la manta. Deslizó los pies en las sandalias y salió a mirar el amanecer.

Fuera, se sentó en cuclillas y se cubrió las piernas con el extremo de la manta. Veía el perfil de las nubes del Golfo flamear en lo alto del aire. Y una cabra se acercó y le olió y se quedó mirándole con sus fríos ojos amarillos. Tras él, el fuego de Juana se alzó en una llama y arrojó lanzas de luz a través de las grietas del muro de la cabaña, y proyectó un vacilante rectángulo de claridad hacia afuera. Una polilla rezagada se lanzó ruidosamente en busca del fuego. La Canción de la Familia surgía ahora de detrás de Kino. Y el ritmo de la canción familiar era el de la muela en que Juana molía el maíz para las tortillas de la mañana.

Ahora, el amanecer se acercaba rápidamente: un remolino, un arrebol, un destello, y luego un estallido al levantarse el sol en el Golfo. Kino bajó la vista para protegerse los ojos del resplandor. Oyó batir la masa de las tortas de maíz dentro de la casa, y de la plancha de cocer le llegó su dulce aroma. Las hormigas se afanaban en el suelo, unas grandes y negras, con cuerpos brillantes, y otras pequeñas, polvorientas y rápidas. Kino observó con la objetividad de Dios cómo una hormiga polvorienta trataba frenéticamente de escapar de la trampa de arena que una hormiga león había preparado para ella. Un perro flaco y tímido se acercó y, a una palabra dulce de Kino, se acurrucó, acomodó la cola diestramente bajo las patas y apoyó con delicadeza el hocico sobre un pilote. Era un perro negro, con manchas de un amarillo dorado en el sitio en que debía haber tenido las cejas. Era una mañana como cualquier otra mañana y, sin embargo, era perfecta entre todas las mañanas.

Kino oyó el chirrido de la cuerda cuando Juana sacó a Coyotito de su caja colgante, y lo lavó, y lo envolvió en su chal de modo de tenerlo junto al pecho. Kino veía todas estas cosas sin mirarlas. Juana cantaba en voz queda una antigua canción que tenía sólo tres notas, aunque contaba con una interminable variedad de pausas. Y también formaba parte de la canción familiar. Todo formaba parte de ella. A veces, se elevaba hasta alcanzar un acorde doloroso que se aferraba a la garganta, diciendo esto es seguro, esto es cálido, esto es el *Todo*.

Al otro lado del seto había otras cabañas, y el humo salía también de ellas, y el sonido del desayuno, pero aquéllas eran otras canciones, sus cerdos eran otros cerdos, sus esposas no eran Juana. Kino era joven y fuerte y el pelo negro le caía sobre la frente morena. Sus ojos eran cálidos y fieros y brillantes, y su bigote era delgado y áspero. Dejó caer la manta, descubriendo la nariz, porque el ponzoñoso aire oscuro se había ido y la luz amarilla del sol caía sobre la casa. Cerca del seto, dos gallos se enfrentaban, haciendo reverencias y fintas, con las alas abiertas y las plumas del cuello erizadas. Sería una pelea torpe. No eran pollos que jugaran. Kino los miró durante un momento, y luego alzó los ojos para seguir el centelleo del vuelo de unas palomas salvajes que buscaban las colinas del interior. El mundo ya estaba despierto, y Kino se puso de pie y entró en su cabaña.

Cuando él entró, Juana se levantó y se apartó del fuego que ardía. Devolvió a Coyotito a su caja y luego se peinó el negro pelo y se hizo dos trenzas y ató sus extremos con fina cinta verde. Kino se acuclilló junto al fuego y enrolló una tortilla de maíz caliente y la metió en salsa y se la comió. Y bebió un poco de pulque y ése fue su desayuno. Era el único desayuno que conocía, fuera de los días de descanso y de una increíble *fiesta* de pastelillos que había estado a punto de matarle. Cuando Kino hubo terminado, Juana tornó al fuego y tomó su desayuno. Habían hablado una vez, pero no hay necesidad de palabras cuando, de todos modos, no son sino otro hábito. Kino suspiró, satisfecho... y ésa fue su conversación.

El sol calentaba ya la cabaña, entrando a través de sus grietas en largas líneas. Y una de esas líneas caía sobre la caja colgante en que yacía Coyotito, y sobre las cuerdas que la sostenían.

Un ligero movimiento atrajo los ojos de los dos hacia la caja. Kino y Juana se quedaron clavados en sus sitios. Un escorpión descendía lentamente por la cuerda que mantenía la caja del bebé sujeta al techo. El aguijón de la cola apuntaba hacia arriba, pero podía volverlo en un instante.

El aire resonó en las fosas nasales de Kino y él abrió la boca para evitarlo. Y ya la alarma había abandonado su rostro, y la rigidez, su cuerpo. En su cabeza sonaba una nueva canción, la Canción del Mal, la música del enemigo, de algo hostil a la familia, una melodía salvaje, secreta, peligrosa, y, debajo, la Canción de la Familia plañía.

El escorpión bajaba cuidadosamente por la cuerda, hacia

la caja. En un murmullo, Juana repitió un antiguo conjuro para protegerse de tal daño y, al final, susurró un Avemaría por entre los dientes apretados. Pero Kino se movía. Su cuerpo cruzaba la habitación callada, levemente. Llevaba las manos extendidas, las palmas hacia abajo, y tenía los ojos fijos en el escorpión. Debajo de éste, en la caja colgante, Coyotito reía y levantaba la mano como para tocarlo. El animal percibió el peligro cuando Kino lo tenía casi a su alcance. Se detuvo, y su cola se alzó en ligeras contracciones, y la espina curva de su extremo relució.

Kino esperó, absolutamente inmóvil. Oía a Juana susurrar nuevamente el antiguo conjuro, y la maligna música del enemigo. No podía moverse hasta que el escorpión, que ya sentía la proximidad de la muerte, se moviera. La mano de Kino se adelantó muy lenta, muy suavemente. La cola de punta aguda se levantó de golpe. Y, en aquel momento, el risueño Coyotito sacudió la cuerda y el escorpión cayó.

La mano de Kino se lanzó a atrapar al animal, pero éste pasó ante sus dedos, cayó sobre el hombro del bebé, se posó y clavó su aguijón. Entonces, soltando un gruñido, Kino lo cogió con los dedos, aplastándolo hasta reducirlo a una pasta. Lo arrojó y lo golpeó con el puño sobre el piso de tierra, y Coyotito aulló de dolor en su caja. Pero Kino siguió golpeando y aplastando al enemigo hasta que no quedó de él más que un fragmento y una mancha húmeda en el polvo. Tenía los dientes desnudos y el furor ardía en sus ojos y la música del enemigo rugía en sus oídos.

Pero Juana ya tenía al bebé en los brazos. Descubrió la herida, que ya empezaba a enrojecer. Aplicó a ella los labios y succionó con fuerza, y escupió y volvió a succionar mientras Coyotito chillaba.

Kino se quedó como en suspenso; no podía hacer nada, estorbaba.

Los chillidos del bebé atrajeron a los vecinos. Salieron todos a la vez de sus cabañas. El hermano de Kino, Juan Tomás, y su gorda esposa, Apolonia, y sus cuatro hijos se agolparon en la entrada y la bloquearon, mientras otros, detrás de ellos, trataban de ver qué pasaba dentro y un niñito se arrastraba por entre las piernas del grupo para poder mirar. Y los que estaban delante informaban a los de detrás: «Escorpión. Ha picado al bebé».

Juana dejó de succionar la herida por un momento. El pequeño agujero se había agrandado ligeramente y sus bordes se habían blanqueado por obra de la succión, pero la roja hinchazón se extendía cada vez más a su alrededor, formando un duro bulto linfático. Y toda aquella gente sabía de escorpiones. Un adulto podía enfermar gravemente por su picadura, pero era fácil que un bebé muriera por ella. En primer lugar, sabían, venían la hinchazón y la fiebre y la sequedad de garganta, y después, los calambres en el estómago, y al final Coyotito podía morir si en su cuerpo había penetrado el veneno suficiente. Pero el violento dolor de la mordedura había desaparecido. Los chillidos de Coyotito se convirtieron en gemidos.

Kino se había maravillado muchas veces del férreo temperamento de su sufrida, frágil mujer. Ella, que era obediente y respetuosa y alegre y paciente, era también capaz de arquear la espalda por los dolores del parto sin apenas un grito. Soportaba la fatiga y el hambre incluso mejor que el mismo Kino. En la canoa era como un hombre fuerte. Y ahora hizo una cosa aún más sorprendente.

—El médico —dijo—. Id a buscar al médico.

La voz se corrió entre los vecinos, apiñados en el pequeño patio, tras el seto. Y se repetían unos a otros: «Juana quiere al médico». Maravilloso, memorable, pedir que viniera el médico. Conseguirlo sería notable. Él jamás venía a las cabañas. ¿Por qué habría de hacerlo, si los ricos que vivían en las casas de piedra y argamasa del pueblo le daban más trabajo del que podía hacer?

—No vendría —dijeron los del patio.

—No vendría —dijeron los de la puerta, y la idea llegó a Kino.

—El médico no vendría —dijo Kino a Juana.

Ella le miró, los ojos fríos como los de una leona. Era el primer hijo de Juana; era casi todo lo que había en su mundo. Y Kino comprendió su determinación y la música de la familia sonó en su cabeza con un tono acerado.

—Entonces, iremos a él —dijo Juana y, con una mano, se acomodó el chal azul sobre la cabeza, improvisó con él una suerte de cabestrillo para llevar a su gimiente bebé y cubrió sus ojos con el extremo libre de la prenda para protegerlos de la luz. Los que estaban en la entrada retrocedieron, empujando a los que tenían detrás, para abrirle paso. Kino la siguió. Salieron al irregular sendero y los vecinos fueron tras ellos.

La cosa era ya asunto de todos. Fueron en rápida y silenciosa marcha hacia el centro del pueblo, delante Juana y Kino, y tras ellos Juan Tomás y Apolonia, con su gran barriga moviéndose por efecto del enérgico paso, y luego todos los vecinos, con los niños trotando en los flancos. Y el sol amarillo enviaba sus negras sombras por delante, de modo que avanzaban sobre ellas.

Llegaron a donde terminaban las cabañas y comenzaba el pueblo de piedra y argamasa, el pueblo de brillantes muros exteriores y de frescos jardines interiores en los que corría el agua y la buganvilla cubría las paredes de púrpura, bermellón y blanco. De los secretos jardines surgían el canto de pájaros enjaulados y el ruido del agua fresca al caer sobre las losas recalentadas. La procesión atravesó la plaza, inundada por una luz enceguecedora, y pasó por delante de la iglesia. Había crecido y, en sus bordes, los inquietos recién llegados iban siendo informados, sin alharacas, de cómo el pequeño había sido picado por un escorpión, de cómo el padre y la madre le llevaban al médico.

Y los recién llegados, en particular los mendigos de delante de la iglesia, que eran grandes expertos en análisis financiero, echaron una rápida mirada a la vieja falda azul de Juana, vieron los desgarrones de su chal, tasaron las cintas verdes de sus trenzas, leyeron la edad de la manta de Kino y los mil lavados de sus ropas, y los juzgaron miserables, y siguieron tras ellos para ver qué clase de drama iban a representar. Los cuatro mendigos de delante de la iglesia lo sabían todo del pueblo. Eran estudiosos de las expresiones de las jóvenes que iban a confesarse, y las veían al salir y leían la naturaleza del pecado. Conocían todos los pequeños escándalos y algunos grandes crímenes. Dormían en sus puestos, a la sombra de la iglesia, de modo que nadie podía entrar allí en busca de consuelo sin que ellos se enteraran. Y conocían al médico. Conocían su ignorancia, su crueldad, su avaricia, sus apetitos, sus pecados. Conocían sus chapuceros abortos y la poca calderilla que de tanto en tanto daba de limosna. Habían visto entrar en la iglesia todos sus cadáveres. Y, puesto que la primera misa había terminado y el negocio era escaso, siguieron a la procesión, incansables buscadores del conocimiento perfecto de sus semejantes, para ver lo que el gordo y perezoso médico haría respecto de un bebé indigente con una mordedura de escorpión.

La veloz procesión llegó finalmente ante la gran puerta del muro de la casa del médico. Oyeron allí también el rumor del agua, y el canto de los pájaros enjaulados, y el movimiento de las largas escobas sobre las losas. Y olieron el buen tocino puesto a freír.

Kino vaciló un momento. Aquel médico no era uno de los suyos. Aquel médico era de una raza que durante casi cuatrocientos años había golpeado y privado de alimentos y robado y despreciado a la raza de Kino, y también la había aterrorizado, de modo que el indígena se acercó con humildad a la puerta. Y, como siempre que se acercaba a alguien de aquella raza, Kino se sintió débil y asustado y furioso a la vez. Ira y terror iban juntos. Le hubiese sido más fácil matar al médico que hablar con él, porque todos los de la raza del médico hablaban a todos los de la raza de Kino como si fueran simples bestias. Y cuando Kino levantó la mano derecha hasta el aldabón, lleno de rabia, la martilleante música del enemigo golpeaba en sus oídos y tenía los labios tensos sobre los dientes; pero llevó la mano izquierda al sombrero para quitárselo. La anilla de hierro golpeó la puerta. Kino se quitó el sombrero y esperó. Coyotito gimió un poco en los brazos de Juana, y ella le habló con dulzura. La procesión se cerró más, para ver y oír mejor.

Al cabo de un instante, la gran puerta se abrió unas pocas pulgadas. Kino alcanzó a ver el verde frescor del jardín y el agua que manaba de una fuentecilla. El hombre que le miraba era de su misma raza. Kino le habló en el idioma de sus antepasados.

—El niño... el primogénito... ha sido envenenado por el escorpión —dijo Kino—. Necesita el saber del que cura.

La verja se entornó y el criado se negó a emplear el idioma de sus antepasados.

—Un momentito —dijo—. Voy a informarme.

Y cerró la puerta y corrió la tranca. El sol, enceguecedor, arrojaba las negras sombras amontonadas del grupo contra el blanco muro.

En su dormitorio, el médico estaba sentado en su alto lecho. Llevaba el batín de seda roja tornasolada que le habían enviado desde París, un tanto justo en el pecho si se lo abrochaba. Sobre el regazo, tenía una bandeja de plata con una jarra de plata para el chocolate y una pequeña taza de porcelana de la llamada cáscara de huevo, tan delicada que pareció un objeto sin sentido cuando él la levantó con su gran mano, la levantó con las puntas del pulgar y del índice, y apartó los otros tres dedos para que no le estorbaran. Sus ojos descansaban sobre hamaquitas de carne hinchada y su boca colgaba, llena de malhumor. Se estaba poniendo muy gordo, y su voz era áspera debido a la grasa que le oprimía la garganta. A su lado, sobre una mesa, había un pequeño gong oriental y un cuenco con cigarrillos. Los muebles de la habitación eran pesados y oscuros y lóbregos. Los cuadros eran religiosos, incluso la gran fotografía coloreada de su difunta esposa, quien, si las misas legadas y pagadas con dinero de su herencia servían para ello, estaba en el Cielo. En otra época, durante un breve período, el médico había formado parte del gran mundo, y el resto de su vida había sido memoria y añoranza de Francia. «Aquello», decía, «era vida civilizada», lo cual significaba que, con pequeños ingresos, había sido capaz de mantener una querida y comer en restaurantes. Apuró su segunda taza de chocolate y partió un bizcocho dulce con los dedos. El criado de la entrada llegó hasta su puerta y esperó a que su presencia fuese advertida.

—¿Sí? —preguntó el médico.

—Es un indiecito con un bebé. Dice que le ha picado un escorpión.

El doctor bajó la taza con cuidado antes de dar curso a su ira.

—¿No tengo yo nada mejor que hacer que curar mordeduras de insectos a los «indiecitos»? Soy médico, no veterinario.

—Sí, *patrón* —dijo el criado.

—¿Tiene dinero? —preguntó el médico—. No, nunca tienen dinero. Se supone que yo, sólo yo en el mundo, tengo que trabajar por nada... y estoy cansado de eso. ¡Mira si tiene dinero!

En la entrada, el criado entreabrió la puerta y miró a la gente que esperaba. Y esta vez habló en el idioma de los antepasados.

—¿Tenéis dinero para pagar el tratamiento?

Ahora Kino buscó en algún lugar secreto, debajo de su manta. Sacó un papel doblado muchas veces. Pliegue a pliegue, fue abriéndolo hasta dejar a la vista ocho pequeños aljófares deformados, unas perlas feas y grises como úlceras, aplanadas y casi sin valor. El criado cogió el papel y volvió a cerrar la puerta, pero esta vez no tardó. Abrió la puerta apenas lo justo para devolver el papel.

—El doctor ha salido —dijo—. Le han llamado por un caso muy grave —y se apresuró a cerrar, lleno de vergüenza.

Y entonces una ola de vergüenza recorrió la procesión entera. Todos se dispersaron. Los mendigos regresaron a la escalinata de la iglesia, los rezagados huyeron y los vecinos se marcharon para no presenciar la pública humillación de Kino.

Durante un largo rato, Kino permaneció ante la puerta, con Juana a su lado. Lentamente, volvió a ponerse el sombrero de suplicante. Entonces, sin previo aviso, dio un fuerte golpe en la puerta con el puño cerrado. Bajó los ojos para mirar con asombro sus nudillos rajados y la sangre que caía por entre sus dedos.

# Capítulo 2

El pueblo se encontraba en un amplio estuario, sus viejos edificios de fachadas amarillas no se apartaban de la playa. Y en la playa se alineaban las canoas blancas y azules que venían de Nayarit, canoas preservadas durante generaciones por un revestimiento, duro como el nácar y a prueba de agua, cuya fabricación era un secreto de los pescadores. Eran canoas altas y elegantes, con proa y popa curvas, y una zona reforzada en el centro, donde se podía instalar un mástil para llevar una pequeña vela latina.

La playa era de arena amarilla pero, en el borde del agua, la arena era sustituida por restos de conchas y de algas. Cangrejos violinistas hacían burbujas y escupían en sus agujeros en la arena, y, en los bajíos, pequeñas langostas entraban y salían constantemente de sus estrechos hogares entre la arena y el canto rodado. El fondo del mar era rico en cosas que se arrastraban y nadaban y crecían. Las algas marrones ondeaban en las leves corrientes, y la verde hierba anguila oscilaba, y los caballitos de mar se adherían a sus tallos. El botete manchado, el pez venenoso, se hallaba en lo hondo de los lechos de hierba anguila, y los cangrejos nadadores de tonos brillantes pasaban sobre ellos a toda velocidad.

En la playa, los perros y los cerdos hambrientos del pueblo buscaban incesantemente algún pescado o algún pájaro marino muertos que hubiesen llegado hasta allí con la marea.

Aunque la mañana era joven, el brumoso espejismo ya había aparecido. El aire incierto que magnificaba unas cosas y escamoteaba otras, pendía sobre el Golfo, así que todas las imágenes eran irreales y no se podía confiar en la vista; el mar y la tierra tenían las ásperas claridades y la vaguedad de un sueño. De modo que la gente del Golfo tal vez confiara en cosas del espíritu y en cosas de la imaginación, pero no confiaba en que sus ojos les mostraran las distancias ni los perfiles netos ni cualquier otra precisión óptica. En el lado del estuario opuesto al del pueblo, un grupo de mangles se alzaba clara y telescópicamente definido, y otro era un confuso borrón verdinegro. Parte de esa costa se ocultaba tras un resplandor que parecía agua. No había certidumbre en la vista, ni prueba de que lo que se veía estuviese allí, o de que no estuviese. Y la gente del Golfo se figuraba que todos los lugares eran así, y no les asombraba. Había una neblina cobriza suspendida sobre el agua, y el cálido sol de la mañana daba en ella y la hacía vibrar enceguecedora.

Las cabañas de los pescadores estaban alejadas de la playa, a la derecha del pueblo, y las canoas se alineaban delante de esa zona.

Kino y Juana bajaron lentamente hacia la playa y hacia la canoa de Kino, que era la única cosa de valor que él poseía en el mundo. Era muy vieja. El abuelo de Kino la había traído de Nayarit, y se la había dado al padre de Kino, y así había llegado a Kino. Era a la vez propiedad y fuente de alimentación, ya que un hombre con una barca puede garantizar a una mujer que comerá algo. Es el baluarte contra el hambre. Y cada año Kino daba a la canoa una nueva capa del revestimiento duro como una concha, que preparaba de acuerdo con el método secreto que también le había llegado por medio de su padre. Se acercó a la canoa y tocó la proa con ternura, como siempre hacía. Dejó en la arena, junto a la canoa, su piedra de inmersión y su cesta, y las dos cuerdas. Y dobló su manta y la puso en la proa.

Juana acomodó a Coyotito encima de la manta y lo cubrió con el chal, para que el sol ardiente no brillara sobre él. Estaba tranquilo, pero la hinchazón del hombro se había extendido hasta el cuello y hasta debajo de la oreja, y tenía la cara congestionada y enfebrecida. Juana fue hasta el agua y entró en ella. Reunió unas algas marrones e hizo con ellas un emplasto chato y húmedo, y lo aplicó al hombro hinchado del bebé, un remedio tan bueno como cualquier otro, y probablemente mejor que el que el médico hubiese podido darle. Pero este remedio carecía de autoridad porque era sencillo y no costaba nada. Los calambres de estómago aún no habían alcanzado a Coyotito. Quizá Juana hubiera extraído el veneno a tiempo, pero no había extraído su preocupación por su primogénito. No había rogado directamente por la recuperación del bebé: había rogado por el hallazgo de una perla con la cual pagar al médico para que curara al bebé, porque las mentalidades de las gentes son tan insustanciales como el espejismo del Golfo.

Kino y Juana arrastraron la canoa por la playa hacia el agua y, cuando la proa flotó, Juana se instaló dentro, mientras Kino empujaba desde la popa, andando detrás, hasta que toda la embarcación flotó ligeramente y se estremeció sobre las breves olas rompientes. Luego, coordinadamente, Juana y Kino metieron sus remos de doble pala en el mar, y la canoa surcó el agua y siseó al tomar velocidad. Los demás pescadores de perlas habían salido hacía mucho. En pocos momentos, Kino los divisó, agrupados en la bruma, navegando sobre el banco de ostras.

La luz llegaba, a través del agua, hasta el lecho en que las ostras perlíferas de superficie escarolada yacían pegadas al fondo pedregoso, un fondo sembrado de conchas de ostras rotas, abiertas. Ése era el lecho que había llevado al Rey de España a ser un gran poder en Europa en años lejanos, le había ayudado a pagar sus guerras y había decorado las iglesias para beneficio de su alma. Las ostras grises con pliegues como faldas sobre las conchas, las ostras cubiertas de percebes unidos a la falda por breves tallos, y pequeños cangrejos que trepaban por ellos. A estas ostras podía ocurrirles un accidente, un grano de arena podía caer entre los pliegues de sus músculos e irritar su carne hasta que ésta, para protegerse, recubriera el grano con una capa de fino cemento. Pero, una vez iniciado el proceso, la carne seguía cubriendo al cuerpo extraño hasta que una corriente lo desprendía o la ostra era destruida. Durante siglos, los hombres habían buceado y habían arrancado las ostras de los lechos y las habían abierto con sus cuchillos, buscando esos granos de arena cubiertos. Multitudes de peces vivían cerca del lecho para vivir cerca de las ostras devueltas por los buscadores y mordisquear los brillantes interiores de las conchas. Pero las perlas eran accidentes, y hallar una era una suerte, una palmada en el hombro dada por Dios, o por los dioses, o por todos ellos.

Kino tenía dos cuerdas, una atada a una pesada piedra, y otra, a una cesta. Se despojó de la camisa y de los pantalones y dejó el sombrero en el fondo de la canoa. El agua estaba ligeramente aceitosa. Cogió la piedra con una mano y la cesta con la otra, y pasó las piernas por encima de la borda, y la piedra le llevó al fondo. Las burbujas se elevaron tras él hasta que el agua se aclaró y logró ver. Arriba, la superficie del agua brillaba como un ondulante espejo, y él veía los fondos de las canoas que la cortaban.

Kino se movía con cautela, para que el agua no se enturbiase por obra del lodo ni de la arena. Afirmó los pies en el lazo de su piedra, y sus manos trabajaron con rapidez, arrancando las ostras, algunas aisladas, otras en racimos. Las ponía en su cesta. En algunos sitios, las ostras se adherían unas a otras, de modo que salían juntas.

Los paisanos de Kino habían cantado ya a todo lo que sucedía o existía. Habían hecho canciones a los peces, al mar embravecido y al mar en calma, a la luz y a la oscuridad y al sol y a la luna, y todas las canciones estaban en Kino y en su gente, todas las canciones que habían sido compuestas, aun las olvidadas. La canción estaba en Kino cuando llenaba su cesta, y el ritmo de la canción era el de su corazón batiente que devoraba el oxígeno del aire de su pecho, y la melodía de la canción era la del agua gris verdosa y los animales que se escabullían y las nubes de peces que pasaban velozmente por su lado y se alejaban. Pero en la canción había una cancioncilla interior oculta, difícil de percibir, aunque siempre presente, dulce y secreta y pegajosa, casi escondida en la contramelodía, y era la Canción de la Perla Posible, pues cada una de las conchas puestas en la cesta podía contener una perla. Las probabilidades estaban en contra, pero la fortuna y los dioses podían estar a favor. Y Kino sabía que en la canoa, encima de él, Juana hacía la magia de la plegaria, con el rostro crispado y los músculos en tensión para obligar a la suerte, para arrancar la suerte de las manos de los dioses, porque necesitaba la suerte para el hombro hinchado de Coyotito. Y porque la necesidad era grande y el deseo era grande, la pequeña melodía secreta de la perla posible sonaba con más fuerza aquella mañana. Frases enteras de esa melodía entraban, clara y dulcemente, en la Canción del Fondo del Mar.

Kino, con su orgullo y su juventud y su potencia, podía permanecer abajo más de dos minutos sin esfuerzo, así que trabajaba sin prisa, escogiendo las conchas más grandes. Al ser molestadas, las ostras se cerraban firmemente. Un poco a su derecha, se alzaba un montecillo de canto rodado, cubierto de ostras jóvenes, que aún no se debían coger. Kino se acercó al montecillo y entonces, a un lado del mismo, bajo una pequeña saliente, vio una ostra enorme, sola, no cubierta por sus pegajosas hermanas. La concha estaba parcialmente abierta, ya que la saliente protegía a aquella vieja ostra, y, en el músculo en forma de labio, Kino percibió un destello fantasmal, y luego la ostra se cerró. Los latidos de su corazón se hicieron más pesados y la melodía de la perla posible chifló en sus oídos. Sin darse prisa, arrancó la ostra y la estrechó con firmeza contra su pecho. Con violencia, liberó el pie de la piedra de inmersión y su cuerpo ascendió a la superficie y su pelo negro relució a la luz del sol. Alcanzó el costado de la canoa y depositó la ostra en el fondo.

Juana mantuvo estable la barca mientras él subía. Sus ojos brillaban de emoción, pero, pudorosamente, recogió su piedra, y luego recogió su cesta de ostras y lo metió todo en la canoa. Juana percibió su emoción y trató de apartar la mirada. No es bueno querer tanto una cosa. A veces, ahuyenta a la suerte. Hay que quererla exactamente lo suficiente, y hay que ser muy discreto con Dios, o con los dioses. Pero Juana contuvo la respiración. Con gran lentitud, Kino abrió la breve hoja de su fuerte cuchillo. Miró, pensativo, la cesta. Quizá fuese mejor dejar la gran ostra para el final. Cogió una pequeña ostra de la cesta, cortó el músculo, buscó entre los pliegues de la carne y la arrojó al agua. Entonces pareció ver la gran ostra por primera vez. Se sentó en cuclillas en el fondo de la canoa, la cogió y la examinó. Las brillantes estrías iban del negro al marrón, y sólo había unos pocos percebes adheridos a la concha. Kino no se sentía muy dispuesto a abrirla. Sabía que lo que había visto podía ser un reflejo, un trozo de concha rota caído allí por accidente o una completa ilusión. En aquel Golfo de luz incierta, había más ilusiones que realidades.

Pero los ojos de Juana estaban fijos en él, y ella no podía esperar. Puso una mano sobre la cubierta cabeza de Coyotito.

—Ábrela —dijo con dulzura.

Kino deslizó el cuchillo con habilidad por el borde de la concha. En el acero, sintió la fuerza del músculo. Hizo palanca con la hoja y el músculo de cierre se partió y la ostra se abrió. La carne labiada se contrajo y luego se asentó. Kino la levantó, y allí estaba la gran perla, perfecta como la luna. Atrapaba la luz y la refinaba y la devolvía en una incandescencia de plata. Era tan grande como un huevo de gaviota. Era la perla más grande del mundo.

Juana contuvo el aliento y gimió un poco. Y, en el interior de Kino, la melodía secreta de la perla posible irrumpió clara y hermosa, rica y cálida y amable, intensa y feliz y triunfal. En la superficie de la gran perla veía formas de sueño. Separó la perla de la carne que moría y la sostuvo en la palma de la mano, y la giró y vio que su curva era perfecta. Juana se acercó para observarla en su mano, y era la mano que había golpeado la puerta del médico, y la carne desgarrada de los nudillos se había puesto de un blanco grisáceo por obra del agua de mar.

Instintivamente, Juana se acercó a donde yacía Coyotito, encima de la manta de su padre. Levantó el emplasto de algas y le miró el hombro.

—Kino —gritó con voz estridente.

Él miró por encima de su perla y vio que la hinchazón del hombro del bebé desaparecía, el veneno se retiraba de su cuerpo. Entonces, el puño de Kino se cerró sobre la perla y la emoción le dominó. Echó la cabeza hacia atrás y aulló. Puso los ojos en blanco y gritó y su cuerpo se puso rígido. Los hombres de las otras canoas levantaron la vista, alarmados, y metieron sus remos de dos palas en el mar y fueron a la carrera hacia la canoa de Kino.

# Capítulo 3

Un pueblo semeja una colonia de corales. Un pueblo tiene un sistema nervioso y una cabeza y espaldas y pies. Un pueblo es algo distinto de todos los demás pueblos, de modo que no hay dos pueblos iguales. Y un pueblo tiene una emoción. El de cómo corren las noticias por un pueblo es un misterio nada fácil de resolver. Las noticias parecen tardar menos de lo que tardan los niños en correr a contarlas, menos de lo que tardan las mujeres en comunicárselas por encima de las cercas.

Antes de que Kino y Juana y los demás pescadores hubiesen llegado a la cabaña de Kino, los nervios de la ciudad latían y vibraban por la noticia: Kino había encontrado la Perla del Mundo. Antes de que los niños, jadeantes, lograran soltar las palabras, sus madres la conocían. La noticia siguió su avance inexorable más allá de las cabañas, y entró como una ola llena de espuma en el pueblo de piedra y argamasa. Llegó al cura que paseaba por su jardín y le puso una mirada pensativa en los ojos y le trajo el recuerdo de algunas reparaciones que había que hacer en la iglesia. Se preguntó cuánto valdría la perla. Y se preguntó si habría bautizado al hijo de Kino, o le habría casado a él, lo que, para el caso, era lo mismo. La noticia llegó a los tenderos y contemplaron las prendas de hombre que no habían vendido.

La noticia alcanzó al médico en el lugar en que se encontraba, con una mujer cuyo mal era la edad, si bien ni ella ni el doctor estaban dispuestos a admitirlo. Y cuando tuvo

claro quién era Kino, el médico se puso solemne y pruden-
te a la vez.

—Es cliente mío —dijo—. Trato a su hijo por una mordedura de escorpión.

E hizo girar los ojos en sus hamacas de grasa y pensó en
París. Recordaba la habitación en que había vivido allí
como un sitio grande y lujoso, y recordó a la mujer de rostro duro que había vivido con él como una muchacha hermosa y amable, si bien no había sido ninguna de las tres cosas. El doctor dejó perder la mirada más allá de su anciana
paciente y se vio a sí mismo sentado en un restaurante, en
París, y vio a un camarero que acababa de abrir una botella
de vino.

La noticia llegó enseguida a los mendigos de delante de
la iglesia, y la satisfacción les hizo reír un poco, porque sabían que nadie en el mundo da limosnas más generosas que
un pobre al que de pronto le sonríe la fortuna.

Kino había encontrado la Perla del Mundo. En el pueblo, en pequeños despachos, estaban los hombres que com-
praban perlas a los pescadores. Esperaban en sus sillas a que
las perlas entraran, y entonces cacareaban y peleaban y gri-
taban y amenazaban hasta conseguir el precio más bajo que
un pescador tolerara. Pero había un precio por debajo del
cual no se atrevían a pasar, porque había ocurrido que un
pescador desesperado había dado sus perlas a la iglesia. Y
cuando acababan de comprar, estos compradores se quedaban sentados a solas, y sus dedos jugaban sin descanso con
las perlas, y deseaban ser sus propietarios. Porque, en realidad, no había muchos compradores: había solamente uno,
y mantenía a aquellos agentes en despachos separados para
aparentar que existía la competencia. La noticia llegó a
aquellos hombres y sus ojos bizquearon y las puntas de los
dedos les ardieron un poco, y cada uno de ellos pensó que el

patrón no sería eterno y que alguien tendría que ocupar su lugar. Y cada uno de ellos pensó que, con algún capital, podría empezar de nuevo.

Toda clase de gente se interesó por Kino: gente con cosas que vender y gente con favores que pedir. Kino había encontrado la Perla del Mundo. La esencia de perla se mezcló con esencia de hombre y precipitó un extraño residuo oscuro. Todos los hombres se sintieron relacionados con la perla de Kino, y la perla de Kino entró en los sueños, los cálculos, los esquemas, los planes, los futuros, los deseos, las necesidades, los apetitos, las hambres de todos, y sólo una persona se interponía en su camino, y esa persona era Kino, de modo que, curiosamente, se convirtió en el enemigo de todos. La noticia removió algo infinitamente negro y maligno en el pueblo; el negro destilado era como el escorpión, o como el hambriento ante el olor a comida, o como el solitario al que se revela el amor. Los sacos de veneno del pueblo empezaron a fabricar ponzoña, y el pueblo se hinchó y soltó presión a bocanadas.

Pero Kino y Juana no se enteraron de estas cosas. Puesto que eran felices y estaban conmovidos, creían que todo el mundo compartía su alegría. Juan Tomás y Apolonia lo hacían, y ellos también formaban parte del mundo. Al atardecer, cuando el sol hubo pasado por encima de las montañas de la Península para ir a hundirse en el mar exterior, Kino se sentó en cuclillas en su casa, con Juana a su lado. Y la cabaña estaba llena de vecinos. Kino sostuvo la gran perla en la mano, y era cálida y vivía en su mano. Y la música de la perla se había fundido con la música de la familia de tal modo que cada una embellecía a la otra. Los vecinos miraban la perla en la mano de Kino y se preguntaban cómo un hombre podía tener tanta suerte. Y Juan Tomás, acuclillado a la derecha de Kino porque era su hermano, preguntó:

—¿Qué vas a hacer ahora que eres un hombre rico?

Kino miró su perla, y Juana bajó las pestañas y arregló el chal para cubrirse la cara y ocultar su emoción. Y en la incandescencia de la perla se formaron las imágenes de las cosas que el ánimo de Kino había considerado en el pasado, y que había desechado por imposibles. En la perla vio a Juana y a Coyotito y a sí mismo de pie y arrodillados ante el altar mayor, y les estaban casando, ahora que podían pagar.

—Nos casaremos —dijo en voz queda—. En la iglesia.

En la perla vio cómo estaban vestidos: Juana con un chal, aún tieso de tan nuevo, y con una nueva falda, y por debajo de la larga falda, Kino vio que llevaba zapatos. Era en la perla: la imagen resplandecía allí. Él mismo vestía ropa blanca nueva, y llevaba sombrero nuevo —no de paja, sino de fino fieltro negro— y también usaba zapatos —no sandalias, sino zapatos de cordón—. Pero Coyotito —y era el más importante— llevaba un traje azul de marinero de los Estados Unidos, y una gorrita de piloto como la que Kino había visto una vez, en un barco de recreo que había entrado en el estuario. Todas estas cosas vio Kino en la perla reluciente y dijo:

—Tendremos ropas nuevas.

Y la música de la perla se elevó como un coro de trompetas en sus oídos.

Entonces, acudieron a la hermosa superficie gris de la perla las pequeñas cosas que Kino quería: un arpón para reemplazar otro, perdido un año atrás, un nuevo arpón de hierro con una anilla en el extremo del astil; y —a su cerebro le costaba dar el salto— un rifle —pero por qué no, si era tan rico—. Y Kino vio a Kino en la perla; Kino con una carabina Winchester. Era el ensueño más insensato, y le resultaba muy agradable. Sus labios vacilaron en expresarlo:

—Un rifle —dijo—. Tal vez un rifle.

Fue el rifle lo que derribó las barreras. Se trataba de un imposible y, si era capaz de imaginarse con un rifle, horizontes enteros estallaban y él podía lanzarse al asalto. Por eso se dice que los seres humanos nunca están satisfechos, que se les da algo y quieren algo más. Y esto se dice con desprecio, cuando es una de las mejores cualidades que posee la especie, una cualidad que la ha hecho superior a los animales, que están satisfechos con lo que tienen.

Los vecinos, apretujados y en silencio dentro de la casa, asentían a sus locas fantasías. Un hombre, en el fondo de la habitación, murmuró:

—Un rifle. Tendrá un rifle.

Pero la música de la perla atronaba, triunfal, en Kino. Juana alzó la mirada, y sus ojos, agrandados, admiraron el coraje y la imaginación de Kino. Y una fuerza eléctrica había entrado en él en el momento en que los horizontes se derrumbaron. En la perla estaba Coyotito, sentado ante un pupitre en una escuela, como Kino había visto una vez a través de una puerta abierta. Y Coyotito llevaba chaqueta, y tenía puesto un cuello blanco y una ancha corbata de seda. Además, Coyotito escribía en un gran trozo de papel. Kino miró a sus vecinos con furia.

—Mi hijo irá a la escuela —dijo, y los vecinos callaron.

Juana contuvo el aliento con dificultad. Le contemplaba con los ojos brillantes, y se apresuró a mirar a Coyotito, en sus brazos, para ver si tal cosa sería posible.

Pero en el rostro de Kino había un resplandor profético.

—Mi hijo leerá y abrirá los libros, y escribirá y escribirá bien. Y mi hijo hará números, y eso nos hará libres porque él sabrá... él sabrá y por él sabremos nosotros.

Y en la perla Kino se vio a sí mismo, y vio a Juana, en cuclillas, junto al fuego de la cabaña mientras Coyotito leía en un gran libro.

—Eso es lo que la perla hará —dijo Kino. Y nunca había pronunciado tantas palabras seguidas en su vida. Y de pronto sintió miedo de lo que había dicho. Cerró la mano en torno de la perla y la apartó de la luz. Kino tenía el miedo que tiene un hombre cuando dice «Haré» sin saber qué sucederá.

Los vecinos sabían ya que habían presenciado una gran maravilla. Sabían que el tiempo se contaría ahora a partir de la perla de Kino, y que hablarían de aquel momento durante muchos años. Si todo aquello llegaba a suceder, volverían a contar cómo habían visto a Kino y qué había dicho y cómo brillaban sus ojos, y dirían:

—Era un hombre transfigurado. Algún poder le había sido otorgado, y todo empezó allí. Mirad en qué gran hombre se ha convertido, a partir de aquel momento. Y yo fui testigo.

Y si los planes de Kino quedaban en nada, los mismos vecinos dirían:

—Todo empezó allí. Una necia locura se apoderó de él, de modo que dijo palabras necias. Dios nos guarde de tales cosas. Sí, Dios castigó a Kino porque se rebeló contra el orden de las cosas. Mirad en qué se ha convertido. Y yo fui testigo del momento en que la razón le abandonó.

Kino se miró la mano cerrada, y los nudillos estaban recubiertos por una costra, y tirantes en los sitios que habían golpeado la puerta.

Oscurecía. Y Juana pasó su chal por debajo del bebé para sostenerlo sobre la cadera, y se acercó al fuego y apartó un ascua de las cenizas y rompió unas pocas ramas encima y la aventó hasta obtener una llama. Las llamas bailaron sobre los rostros de los vecinos. Sabían que debían ir a cenar a sus propias casas, pero no se sentían dispuestos a marcharse.

La oscuridad había invadido el lugar casi por entero y el

fuego de Juana arrojaba sombras sobre las paredes de paja, cuando el murmullo corrió de boca en boca:

—Viene el Padre, viene el cura.

Los hombres se descubrieron y se apartaron de la entrada, y las mujeres ocultaron las caras tras los chales y bajaron los ojos. Kino y Juan Tomás, su hermano, se pusieron de pie. El cura entró: un hombre de edad, con el pelo canoso y la piel vieja y los ojos jóvenes. Consideraba a aquellas gentes como a niños, y como a niños las trataba.

—Kino —dijo con dulzura—, te llamas como un gran hombre... y un gran Padre de la Iglesia —consiguió que aquello sonara a bendición—. Tu tocayo civilizó el desierto y dulcificó la mente de tu pueblo, ¿lo sabías? Está en los libros.

Kino se apresuró a mirar la cabeza de Coyotito, que descansaba sobre la cadera de Juana. Algún día, pensó, aquel chico sabría qué cosas estaban en los libros y qué cosas no. La música había abandonado la cabeza de Kino, pero ahora, ligera, suavemente, sonaba la música de la mañana, la música del enemigo, aunque remota y débil. Y Kino miró a sus vecinos para ver quién podía haber traído aquella canción.

Pero el cura volvía a hablar.

—Me he enterado de que has encontrado una gran fortuna, una gran perla.

Kino abrió la mano y la mostró, y el cura dio un leve respingo ante el tamaño y la belleza de la perla. Y luego dijo:

—Espero que te acuerdes de dar gracias, hijo mío, a Aquel que te ha dado este tesoro, y que ruegues para que te guíe en el futuro.

Kino asintió estúpidamente, y fue Juana quien habló con voz queda:

—Lo haremos, Padre. Y ahora nos casaremos. Kino lo ha dicho.

Con la mirada, buscó confirmación en los vecinos y ellos dijeron que sí con la cabeza solemnemente.

El cura dijo:

—Es agradable saber que vuestros primeros pensamientos son buenos pensamientos. Dios os bendiga, hijos míos.

Se volvió y se retiró en silencio, y la gente le dejó pasar.

Pero la mano de Kino había tornado a cerrarse con fuerza sobre la perla y él miraba a su alrededor con desconfianza, porque la música del mal estaba en sus oídos, resonando en oposición a la música de la perla.

Los vecinos se fueron marchando discretamente a sus casas, y Juana se sentó en cuclillas junto al fuego y puso el pote de arcilla de los frijoles cocidos encima de la escasa llama. Kino dio unos pasos hacia la puerta y miró fuera. Como siempre, olía el humo de muchos fuegos y veía las confusas estrellas y sentía la humedad del aire nocturno, así que se cubrió la nariz para preservarse de él. El perro flaco se le acercó y le saludó agitándose como una bandera al viento, y Kino lo miró y no lo vio. Había traspasado el horizonte y se hallaba en un lugar ajeno, frío y solitario. Se sentía solo y desamparado, y los desapacibles grillos y las rechinantes ranas y los croantes sapos parecían interpretar la melodía del mal. Kino tuvo un escalofrío y ajustó aún más la manta sobre su nariz. Conservaba la perla en la mano, firmemente apretada en la palma, y era cálida y suave en su piel.

Tras él, oyó a Juana sobar las tortillas antes de ponerlas a cocer sobre la plancha de arcilla. Kino sintió todo el calor y la seguridad de su familia a sus espaldas, y desde allí le llegó la Canción de la Familia como el ronroneo de un gatito. Pero ahora, al decir cómo iba a ser su futuro, lo había creado. Un plan es algo real, y las cosas proyectadas se experimentaban. Un plan, una vez hecho y visualizado, se convertía en una realidad como otras, indestructibles, pero fáciles de atacar. De modo que el futuro de Kino era real pero, habiéndolo fundado, otras fuerzas se disponían a destruirlo, y él lo sabía, así que debía prepararse para repeler el ataque. Y Kino sabía también que a los dioses no les gustan los planes de los hombres, y a los dioses no les gusta el éxito, a menos que se lo obtenga por accidente. Sabía que los dioses se vengan del hombre cuando éste triunfa por su propio esfuerzo. En consecuencia, Kino temía a los planes pero, habiendo hecho uno, nunca lo destruiría. Y, para repeler el ataque, Kino se estaba haciendo ya un resistente caparazón que le aislase del mundo. Sus ojos y su mente exploraban el peligro antes de que apareciera.

Desde la puerta, vio acercarse a dos hombres; y uno de ellos llevaba un farol que iluminaba el suelo y las piernas de ambos. Atravesaron el seto de Kino y llegaron hasta su puerta. Y Kino vio que uno era el médico y el otro el criado que había abierto la puerta por la mañana. Los nudillos heridos de la mano derecha le ardieron al ver quiénes eran.

El médico dijo:

—No estaba en casa cuando fue, esta mañana. Pero ahora, tan pronto como me fue posible, he venido a ver al niño.

Kino no se apartó de la entrada, llenando el vano, y el odio bramaba y ardía en el fondo de sus ojos, y también el miedo, porque cientos de años de opresión habían calado hondamente en él.

—El niño ya está casi bien —dijo secamente.

El doctor sonreía, pero sus ojos, en sus hamaquitas linfáticas, no sonreían.

Dijo:

—A veces, amigo mío, la mordedura del escorpión tiene un efecto muy curioso. Hay una mejoría aparente y luego, cuando menos se lo espera... ¡puf!

Hinchó los labios y fingió el sonido de una pequeña explosión, para mostrar cuán rápido podía ser, y cambió de mano su maletín negro de médico, para que la luz del farol cayera sobre ella, porque sabía que los de la raza de Kino sentían debilidad por las herramientas de todos los oficios y confiaban en ellas.

—A veces —prosiguió el médico en un tono uniforme—, a veces queda una pierna tullida, o un ojo ciego, o la espalda hundida. Oh, yo conozco la mordedura del escorpión, amigo mío, y puedo curarla.

Kino sintió que la rabia y el odio se mezclaban con el miedo. Él no sabía, y quizás el médico sí. No podía correr el riesgo de enfrentar su segura ignorancia con el posible saber del médico. Estaba atrapado, como siempre estaban atrapados los suyos, y como lo estarían hasta que, como él mismo había dicho, supieran si las cosas que estaban en los libros estaban realmente en los libros. No podía correr el riesgo: no con la vida ni con la salud de Coyotito. Se hizo a un lado y permitió al médico y a su hombre entrar en la cabaña.

Juana abandonó su lugar junto al fuego y retrocedió cuando entraron, y cubrió la cara del bebé con el borde del chal. Y cuando el médico se acercó a ella y le tendió la mano, apretó con fuerza aún mayor al niño y miró hacia donde se encontraba Kino, con las sombras de la hoguera saltando sobre su rostro.

Kino asintió y sólo entonces accedió ella a que el médico cogiera al bebé.

—Sube la luz —dijo el médico, y cuando el criado alzó el farol, él miró durante un instante la herida del hombro del niño. Lo consideró un momento y luego levantó uno de los párpados del bebé y observó el globo del ojo. Sacudió la cabeza en sentido afirmativo mientras Coyotito se resistía a él—. Es lo que había imaginado —dijo—. El veneno está dentro y golpeará dentro de poco. ¡Venga a ver! —sostuvo el párpado—. Mire... está azul.

Y Kino, que observaba ansiosamente, vio que era verdad que estaba ligeramente azul. Y no sabía si siempre había estado ligeramente azul, o no. Pero la trampa estaba montada. Él no podía correr el riesgo.

Los ojos del médico se humedecieron en sus hamaquitas.

—Le daré algo para tratar de diluir el veneno —dijo. Y tendió el bebé a Kino.

Entonces, sacó del maletín un frasquito con un polvo blanco y una cápsula de gelatina. Llenó la cápsula con el polvo y la cerró, y luego puso la primera cápsula dentro de una segunda, y la cerró. Trabajaba con mucha habilidad. Cogió al bebé y le pellizcó el labio inferior hasta que abrió la boca. Sus gruesos dedos colocaron la cápsula sobre la zona posterior de la lengua del niño, más allá del punto en el cual podía escupirla, y luego cogió del suelo el cantarillo de pulque y dio un sorbo a Coyotito, y terminó. Volvió a mirar el globo ocular del pequeño y frunció los labios y pareció pensar.

Finalmente entregó el bebé a Juana y se volvió hacia Kino.

—Creo que el veneno atacará dentro de una hora —dijo—. El remedio puede evitar los daños, pero regresaré dentro de una hora. Quizás esté a tiempo de salvarlo.

Aspiró profundamente y salió de la cabaña, y su criado le siguió con el farol.

Ahora Juana tenía al bebé bajo el chal y lo contemplaba con ansiedad y temor. Kino se acercó a ella y apartó el chal y observó a su hijo. Tendió la mano para mirar bajo el párpado y sólo entonces se dio cuenta de que aún sujetaba la perla. Fue hasta un arca que había junto a la pared y sacó de ella un trozo de paño. Envolvió la perla en él, fue a un rincón de la cabaña e hizo un pequeño agujero con los dedos en el piso de tierra, y puso la perla en él y la cubrió y ocultó el sitio. Y luego fue hacia el fuego, donde Juana estaba en cuclillas, observando la cara del bebé.

El médico, en su casa, se acomodó en la silla y miró el reloj. Sus criados le sirvieron una cena ligera, con chocolate y pastelillos dulces y fruta, y él contempló la comida con desagrado.

En las casas de los vecinos, el tema que iba a orientar todas las conversaciones durante un largo tiempo por venir era aireado por primera vez, para probar. Los vecinos demostraban con los pulgares lo grande que era la perla, y remedaban el gesto de la caricia para revelar lo hermosa que era. De allí en más, observarían muy de cerca a Kino y a Juana, para ver si la riqueza les alteraba la cabeza tal como la riqueza altera la cabeza de todo el mundo. Todos sabían por qué había venido el médico. No era bueno fingiendo y se le entendía muy bien.

En el estuario, un espeso grupo de pequeños peces brillantes relució y quebró la superficie del agua en su fuga de un grupo de peces grandes que iban a comérselos. Y en las casas, la gente oyó el siseo de los pequeños y el fuerte chapoteo de los grandes mientras duró la carnicería. La humedad que se levantó del Golfo fue a depositarse sobre arbustos y cactus, y sobre los árboles, en gotas saladas. Y los ratones nocturnos salieron de puntillas al campo, y los parvos halcones nocturnos los cazaron en silencio.

El flaco perrito negro, con manchas como llamas encima de los ojos, fue hasta la entrada de la casa de Kino y miró hacia dentro. Estaba a punto de mover la cola cuando Kino lo miró, y desistió cuando Kino miró más allá. El perrito no entró a la casa, pero observó con frenético interés a Kino mientras éste se comía sus frijoles en el platillo de barro y lo rebañaba con una tortilla de maíz y se comía la tortilla y apuraba el conjunto con un trago de pulque.

Kino había terminado y estaba liando un cigarrillo cuando Juana dijo con brusquedad:

—Kino.

Él la miró, y luego se levantó y corrió a su lado porque había visto miedo en sus ojos. Se detuvo junto a ella, tratando de ver, pero la luz era muy escasa. Con un movimiento del pie, echó un montón de ramas en el fuego para que hicieran llama, y entonces logró ver la cara de Coyotito. El rostro del bebé estaba congestionado y su garganta hacía ruido y una espesa gota de saliva escapaba de sus labios. Comenzaba el espasmo de los músculos del estómago y el niño estaba muy enfermo.

Kino se arrodilló junto a su mujer.

—Así que el médico sabía —dijo, pero lo dijo tanto para sí mismo como para su mujer, porque su mente era resistente y suspicaz, y él recordaba el polvo blanco. Juana se balanceaba y musitaba la Canción de la Familia como si ésta fuese capaz de conjurar el peligro, y el bebé vomitó y se retorció en sus brazos. Ahora la incertidumbre dominaba a Kino, y la música del mal atronaba en su cabeza y estaba a punto de desplazar la canción de Juana.

El médico terminó su chocolate y mordisqueó los trozos de pastel que habían caído en el plato. Se limpió los dedos con una servilleta, miró el reloj, se levantó y recogió el maletín.

La noticia de la enfermedad del niño recorrió rápidamente las cabañas, porque la enfermedad sólo ocupa el segundo puesto en la lista de enemigos de los pobres cuando se la compara con el hambre. Y alguien dijo en voz baja:

—La suerte, ya se ve, trae malos amigos.

Y todos se levantaron para ir a casa de Kino. Los vecinos,

con las narices cubiertas, atravesaron la oscuridad a la carrera para volver a reunirse en la casa de Kino. Se detuvieron y miraron, e hicieron breves comentarios acerca de lo triste que era que aquello sucediera en época de alegría, y dijeron:

—Todo está en manos de Dios.

Las viejas se acuclillaron junto a Juana, para tratar de ayudarla si era posible, y de consolarla si no lo era.

Entonces entró el médico corriendo, seguido por su criado. Dispersó a las viejas como si fuesen pollos. Cogió al bebé y lo examinó y le tocó la cabeza.

—El veneno ha actuado —dijo—. Creo posible vencerlo. Haré lo que esté a mi alcance.

Pidió agua y, en la taza, echó tres gotas de amoniaco y abrió por la fuerza la boca del bebé y vertió el líquido en ella. El niño farfulló y chilló ante el tratamiento, y Juana lo contempló con ojos desorbitados. El médico decía algunas cosas mientras trabajaba.

—Es una suerte que yo entienda de veneno de escorpiones, porque si no... —y se encogió de hombros para indicar lo que podía haber ocurrido.

Pero Kino desconfiaba y sus ojos no se apartaban del maletín abierto del médico ni del frasco de polvo blanco que había en él. Poco a poco, los espasmos remitieron y el bebé se relajó en las manos del médico. Y luego Coyotito suspiró profundamente y se durmió, porque el vomitar le había dejado exhausto.

El médico puso al niño en los brazos de Juana.

—Irá bien ahora —dijo—. He ganado la batalla.

Y Juana le miró con adoración.

El médico estaba cerrando el maletín. Dijo:

—¿Cuándo cree que podrá pagar esta cuenta?

Lo dijo hasta con gentileza.

—Cuando haya vendido mi perla, le pagaré —dijo Kino.

—¿Tiene usted una perla? ¿Una buena perla? —preguntó el médico con interés.

Y entonces irrumpió el coro de vecinos.

—Ha encontrado la Perla del Mundo —gritaron, y juntaban las puntas de los índices y de los pulgares para mostrar lo grande que era la perla—. Kino será rico —vociferaban—. Nadie ha visto jamás una perla igual.

El médico aparentó sorpresa.

—No sabía nada de eso. ¿Guarda esa perla en un lugar seguro? ¿Quizá quiera que se la guarde yo en mi caja de caudales?

Los ojos de Kino se habían entrecerrado, tenía las mejillas tensas.

—Está a buen recaudo —dijo—. Mañana la venderé y luego le pagaré.

El médico se encogió de hombros y sus ojos empañados no se separaron de los de Kino ni por un momento. Sabía que la perla tenía que estar enterrada en la casa, y creía probable que Kino mirase hacia el lugar en que se encontraba.

—Sería una lástima que se la robaran antes de que pudiese venderla —dijo el médico, y vio que Kino desviaba involuntariamente los ojos hacia el suelo, cerca del poste lateral de la cabaña.

Cuando el médico se hubo ido, y los vecinos, a su pesar, se hubieron retirado a sus casas, Kino se sentó en cuclillas junto a las ascuas del hogar y escuchó el sonido de la noche, el leve romper de las breves olas en la orilla y el remoto ladrido de perros, el rumor de la brisa al pasar a través del techo de la cabaña y la charla en voz baja de los vecinos en sus casas del poblado. Porque aquella gente no dormía sin hacer ruido toda la noche; se despertaban a intervalos, y conversaban un poco, y volvían a dormirse. Y al cabo de un rato, Kino se levantó y fue hasta la entrada de su casa.

Olió la brisa y escuchó con atención, en busca de algún ruido extraño que revelara secreto o acechanza, y sus ojos exploraron la oscuridad, porque la música del mal sonaba en su cabeza y él estaba furioso y asustado. Después de sondar la noche con sus sentidos, fue a donde, cerca del fuego, estaba enterrada la perla, y la desenterró y la llevó hasta su jergón, y excavó otro pequeño agujero bajo el jergón y puso allí su perla y volvió a cubrirla.

Y Juana, sentada junto al fuego, le contempló con ojos inquisitivos y, cuando él hubo enterrado su perla, preguntó:

—¿A quién temes?

Kino buscó una respuesta sincera y, finalmente, dijo:

—A todos.

Y sintió que un caparazón le rodeaba.

Al cabo de un rato, se echaron juntos en el jergón, y Juana no puso al bebé en la caja aquella noche, sino que lo acunó en sus brazos y le cubrió la cara con el chal. Y la última luz desapareció de los rescoldos.

Pero el cerebro de Kino ardía, aun cuando durmiese, y soñó que Coyotito sabía leer, que uno de los suyos era capaz de decirle cuál era la verdad de las cosas. Coyotito leía en un libro grande como una casa, con letras grandes como perros, y las palabras galopaban y jugaban sobre las páginas. Y entonces la oscuridad cayó sobre el texto, y con la oscuridad regresó la música del mal, y Kino se agitó en el sueño; y cuando se agitó, los ojos de Juana se abrieron a la tiniebla. Y entonces Kino despertó, con la música del mal latiendo en él, y se quedó echado en la oscuridad con los oídos alerta.

Entonces, de un rincón de la casa llegó un sonido tan suave que bien podía haber sido un pensamiento, un leve gesto furtivo, el roce de un pie en la tierra, el casi inaudible susurro de un aliento contenido. Kino retuvo la respiración para escuchar, y supo que, fuese cual fuese la cosa oscura que había en la casa, retenía también su respiración para escuchar. Durante un rato, del rincón de la cabaña no llegó sonido alguno. En aquel momento, Kino puedo haber atribuido el ruido a su imaginación. Pero la mano de Juana se arrastró hasta la suya para advertirle, ¡y el sonido se repitió! El rumor de un pie sobre la tierra seca y el arañar de dedos en el suelo.

Y ahora un miedo salvaje surgió en el pecho de Kino, y tras el miedo vino la cólera, como siempre. La mano de Kino buscó el cuchillo, sujeto a su pecho por una cuerda, y luego saltó como un gato furioso, se precipitó golpeando y bufando sobre la presencia oscura que, lo sabía, estaba en el rincón de la casa. Tocó tela, lanzó el cuchillo y falló, y volvió a lanzarlo y sintió que atravesaba el paño, y luego su cabeza estalló en luces y se llenó de dolor. Hubo un escabullirse en la entrada, y pasos de alguien que corría, y después silencio.

Kino sintió la sangre caliente manar de su frente, y oyó que Juana le llamaba:

—¡Kino! ¡Kino! —y había terror en su voz.

Entonces, la serenidad le invadió con la misma prontitud con que lo había hecho la cólera, y dijo:

—Estoy bien. Se ha ido.

A tientas, regresó al jergón. Juana ya se ocupaba del fuego. Apartó un ascua de las cenizas y echó encima cáscaras de trigo y sopló hasta que de las cáscaras se elevó una llama y una lucecilla bailó por la cabaña. Y luego, de un lugar secreto, Juana sacó un trocito de cirio y lo encendió en la llama y lo colocó sobre una de las piedras del hogar. Actuó de prisa, canturreando. Mojó la punta del chal en agua y enjugó la sangre de la frente herida de Kino.

—No es nada —dijo Kino, pero sus ojos y su voz eran duros y fríos, y un odio profundo crecía en él.

Ahora la tensión que había ido ganando a Juana hervía visiblemente y tenía los labios apretados.

—Es el mal —gritó ásperamente—. ¡Esa perla es como un pecado! Nos destruirá —y su voz se elevó en un chillido—. Deshazte de ella, Kino. Rompámosla entre dos piedras. Enterrémosla y olvidemos el lugar. Devolvámosla al mar. Ha traído el mal. Kino, marido mío, nos destruirá.

Y a la luz de la vela, sus labios y sus ojos vivían, alimentados por el miedo.

Pero en el rostro de Kino había decisión, y su mente y su voluntad estaban llenos de decisión.

—Es nuestra única oportunidad —dijo—. Nuestro hijo tiene que ir a la escuela. Debemos romper el pote en que estamos encerrados.

—Nos destruirá a todos —gritó Juana—. A nuestro hijo también.

—Calla —dijo Kino—. No digas nada más. Por la mañana, venderemos la perla, y entonces el mal se irá, y sólo quedará el bien. Ahora, calla, esposa mía.

Sus ojos oscuros miraron con severidad el fuego, y se dio cuenta de que aún tenía el cuchillo en las manos, y alzó la hoja y la miró y vio una fina línea de sangre en el acero. Por un momento, pareció a punto de limpiar el acero en sus pantalones, pero luego clavó el cuchillo en la tierra para purgarlo.

Gallos remotos cantaron y el aire cambió y empezó a amanecer. El viento de la mañana onduló las aguas del estuario y susurró entre los mangles, y las breves olas rompían en la playa llena de cantos rodados con mayor frecuencia. Kino levantó el jergón y desenterró su perla y la sostuvo ante sí y la contempló.

Y la belleza de la perla, titilando y brillando, trémula, a la luz de la vela, le sedujo. Era tan hermosa, tan suave, y tenía su propia música... su música de invitación y encanto, su garantía de futuro, de comodidad, de seguridad. Su cálida claridad prometía un remedio para la enfermedad y un muro ante la injuria. Cerraba una puerta al hambre. Y, contemplándola, los ojos de Kino se hicieron más dulces y su rostro se relajó. Vio la pequeña imagen del cirio reflejada en la tersa superficie de la perla, y tornó a sentir en los oídos la deliciosa música del fondo del mar, el tono de la difusa luz verde del fondo del mar. Juana, que le observaba discretamente, le vio sonreír. Y, puesto que en algún sentido formaba con él un solo ser y una sola voluntad, sonrió con él.

E iniciaron aquel día con esperanza.

# Capítulo 4

Es maravilloso el modo en que un pueblecito se mantiene al tanto de su propia existencia y de la de cada uno de sus miembros. Si cada hombre y cada mujer, cada niño o cada bebé actúan y se conducen según un modelo conocido, y no rompen muros, ni se diferencian de nadie, ni hacen experimento alguno, ni se enferman, ni ponen en peligro la tranquilidad ni la paz del alma ni el ininterrumpido y constante fluir de la vida del pueblo, en ese caso, pueden desaparecer sin que nunca se oiga hablar de ellos. Pero, tan pronto como un hombre se aparta un paso de las ideas aceptadas, o de los modelos conocidos y en los cuales se confía, los habitantes se excitan y la comunicación recorre el sistema nervioso de la población. Y cada unidad comunica con el conjunto.

Así, en La Paz, era cosa sabida por todo el pueblo a primera hora de la mañana, que Kino iba a vender su perla aquel día. Lo sabían los vecinos de las cabañas, los pescadores de perlas; lo sabían los dueños de las tiendas chinas; se sabía en la iglesia, porque los monaguillos murmuraban. Alguna palabra se deslizó entre las monjas; los mendigos de delante de la iglesia hablaban de ello, porque ellos estarían allí para recoger el diezmo de los primeros frutos de la fortuna. Los niños se enteraron con emoción, pero se enteró también la mayoría de los compradores de perlas, y cuando el sol estuvo alto, en los despachos de los compradores de perlas, cada uno de ellos aguardaba solo, sentado en su silla, con su bandejita forrada en terciopelo negro, y todos hacían rodar las perlas con las puntas de los dedos y consideraban su papel en la escena.

Se creía que los compradores de perlas eran individuos que actuaban solos, y que pujaban por las perlas que los pescadores les llevaban. Y en un tiempo había sido así. Pero ése era un método ruinoso, puesto que, en la excitación de la competencia por una perla de calidad, se habían pagado precios demasiado altos a los pescadores. Era extravagante e intolerable. Ahora había un solo comprador de perlas con muchas manos, y los hombres que estaban sentados en los despachos y aguardaban a Kino, sabían qué precio ofrecer, hasta dónde pujar, y cómo procederían los demás. Y, aunque aquellos hombres no obtenían beneficio alguno aparte de sus salarios, había inquietud entre ellos, porque había inquietud en la cacería, y, si el papel de un hombre consistía en hacer bajar un precio, debía obtener alegría y satisfacción de hacerlo bajar todo lo posible. Porque todos los hombres del mundo dan lo mejor de sí en su trabajo, y nadie hace menos de lo que puede, más allá de lo que piense de ello. Más allá de la recompensa que pudiera conseguir, de cualquier palabra de elogio, de cualquier mejora en su situación, un comprador de perlas era un comprador de perlas, y el mejor y más feliz de los compradores era el que compraba a los precios más bajos.

El sol era de un amarillo muy intenso aquella mañana, y arrastró la bruma del Golfo y del estuario, y la dejó pendiente, como si de un grupo de relucientes pañuelos se tratara, en el aire, de modo que el aire vibraba y la visión era insustancial. Una visión suspendida en el aire, al norte de la ciudad: la visión de una montaña que se encontraba a más de trescientos kilómetros, y las altas laderas de esa montaña estaban cubiertas de pinos y un gran pico de piedra se alzaba por encima de la línea del bosque.

Y en la mañana de aquel día las canoas permanecieron alineadas en la playa; los pescadores no fueron a zambullirse en busca de perlas porque iban a suceder demasiadas cosas, iba a haber demasiadas cosas que ver cuando Kino fuese a vender la gran perla.

En las cabañas de la costa, los vecinos de Kino se quedaron sentados largo rato ante sus desayunos, y hablaron de lo que ellos hubiesen hecho en el caso de haber hallado la perla. Y un hombre dijo que él la hubiera regalado al Santo Padre en Roma. Otro dijo que él hubiese pagado misas por las almas de su familia por mil años. Otro creía posible coger el dinero y distribuirlo entre los pobres de La Paz; y un cuarto pensaba en todas las cosas buenas que se podían hacer con el dinero de la perla, en todas las caridades, los beneficios, en todas las salvaciones que se podían obtener si uno tenía dinero. Todos los vecinos esperaban que la súbita fortuna no cambiara la cabeza de Kino, que no le convirtiera en un rico, que no sembrara en él las malas hierbas de la codicia y el odio y la frialdad. Porque Kino era un hombre bien considerado; sería una lástima que la perla le destruyese.

—Y su buena esposa, Juana —decían—, y el hermoso bebé, Coyotito, y los demás que vengan. Qué pena sería que la perla los destruyese a todos.

Para Kino y para Juana, aquélla era la mañana de las mañanas de sus vidas, comparable únicamente al día en que había nacido el bebé. Iba a ser el día del que dependerían todos los demás días. Dirían: «Eso fue dos años antes de que vendiéramos la perla» o «Eso fue seis semanas después de que vendiéramos la perla». Juana, atendiendo a la situación, olvidó las corrientes de aire y vistió a Coyotito con las ropas que había preparado para su bautismo, cuando hubiese dinero para bautizarle. Y Juana se peinó y se hizo trenzas y se ató las puntas con dos lazos de cinta roja, y se puso la falda y el corpiño de su boda. El sol se encontraba a media altura cuando estuvieron dispuestos. Las raídas prendas blancas de Kino estaban, al menos, limpias, y aquélla era la última vez que vestía así. Al día siguiente, o aun aquella misma noche, tendría ropas nuevas.

Los vecinos, que observaban la casa de Kino a través de las grietas de sus cabañas, también estaban vestidos y dispuestos. No les producía el menor pudor acompañar a Kino y a Juana a vender la perla. Se esperaba, era un momento histórico, sería una locura no ir. Sería casi un signo de hostilidad.

Juana se puso el chal en la cabeza cuidadosamente, y sujetó al codo derecho un largo trozo, y cogió el extremo con la mano del mismo lado, y así improvisó una hamaca en la que colocó a Coyotito, que se apoyaba en la prenda para verlo todo y, tal vez, recordar. Kino se puso su gran sombrero de paja y pasó la mano por él para asegurarse de que estuviese bien colocado, no en la parte posterior de la cabeza, ni en un lado, como un hombre imprudente, soltero, irresponsable, ni horizontal, como lo hubiese llevado un hombre mayor, sino ligeramente inclinado hacia adelante para mostrar agresividad, seriedad y vigor. Hay mucho que ver en la inclinación del sombrero de un hombre. Kino deslizó los pies dentro de las sandalias y se sujetó las correas. La gran perla estaba envuelta en un viejo trozo de gamuza y puesta dentro de un saquito de piel, y el saquito de piel estaba en un bolsillo de la camisa de Kino. Dobló su manta cuidadosamente, hasta convertirla en una tira angosta, y se la echó sobre el hombro derecho, y entonces estuvieron preparados para salir.

Kino salió de la casa andando con dignidad, y Juana le siguió, llevando a Coyotito. A medida que avanzaban hacia el pueblo por el sendero, en el que se había echado agua para mantenerlo fresco, los vecinos se les iban sumando. Las casas eructaban gente; las puertas vomitaban niños. Pero, dada la gravedad de la ocasión, sólo un hombre marchaba junto a Kino, y ése era su hermano, Juan Tomás.

Juan Tomás advirtió a su hermano.

—Debes tener cuidado y ver que no te engañen —dijo.

—Mucho cuidado —acordó Kino.

—No sabemos qué precios se están pagando en otros lugares... —dijo Juan Tomás—. ¿Cómo saber si el precio es bueno, si no sabemos lo que los compradores de perlas dan en otros lugares?

—Es cierto —dijo Kino—, pero, ¿cómo saberlo? Estamos aquí, no allí.

Según andaban hacia la ciudad, la multitud crecía tras ellos, y Juan Tomás, nervioso, continuaba hablando.

—Antes de que tú nacieras, Kino —dijo—, los viejos pensaron en un modo de sacar más dinero por sus perlas. Pensaron que sería mejor entregarlas a un agente que llevara todas las perlas a la capital y las vendiera allí y se quedara con su parte del beneficio.

Kino asintió.

—Lo sé —dijo—. Era una buena idea.

—Y consiguieron un hombre adecuado —dijo Juan Tomás—, y reunieron las perlas, y le enviaron. Y nunca más se supo de él y las perlas se perdieron. Luego consiguieron otro hombre, y le enviaron, y nunca más se supo de él. Y así fue como abandonaron la cuestión y volvieron al viejo sistema.

—Lo sé —dijo Kino—. Oí a nuestro padre hablar de ello. Era una buena idea, pero iba en contra de la religión, y el cura lo dejó bien claro. La pérdida de la perla fue un castigo para aquellos que intentaron dejar su puesto. Y el cura dejó claro que cada hombre y cada mujer es como un soldado enviado por Dios para guardar alguna parte del castillo del Universo. Y algunos están en las almenas, y otros en lo más hondo de la oscuridad de los muros. Pero cada uno debe permanecer lealmente en su sitio, y no debe andar corriendo por ahí, porque el castillo está amenazado por los asaltos del infierno.

—Le he escuchado ese sermón —dijo Juan Tomás—. Lo repite todos los años.

Los hermanos, mientras caminaban entornaban los ojos, como habían hecho sus abuelos y sus bisabuelos durante cuatrocientos años, desde la llegada de los extranjeros con argumentos, y autoridad, y pólvora para sostener ambas cosas. Y en esos cuatrocientos años, el pueblo de Kino había aprendido un solo modo de defenderse: un leve entornar los ojos, un leve tensar los labios, y una retirada. Nada podía derribar ese muro, y ellos podían mantenerse íntegros tras él.

La procesión era solemne, porque percibían la importancia de aquel día, y todo niño que mostrara alguna tendencia a pelearse, a chillar, a llorar, a robar sombreros y a tirar del pelo, era acallado por sus mayores. Tan importante era aquel día que un viejo salió a ver, montado en las robustas espaldas de su sobrino. La procesión dejó atrás las cabañas y entró en la ciudad de piedra y argamasa, donde las calles eran un poco más anchas y había aceras angostas junto a los edificios. Y, como en la anterior ocasión, los mendigos se unieron al grupo cuando desfiló por delante de la iglesia; los tenderos lo miraron pasar; las pequeñas tabernas perdieron sus clientes, y sus propietarios cerraron y fueron con los demás. Y el sol golpeaba sobre las calles de la ciudad y hasta las piedras más pequeñas arrojaban sombras en el suelo.

La noticia de la llegada de la procesión la precedía, y, en sus oscuros y estrechos despachos, los compradores de perlas se ponían tensos y alerta. Ponían papeles a la vista para estar ocupados cuando Kino apareciera, y guardaban sus perlas en los escritorios porque no es bueno que se vea una perla inferior junto a una belleza. Y ya habían oído de la hermosura de la perla de Kino. Los despachos de los compradores de perlas estaban agrupados en una callejuela, y tenían barrotes en las ventanas, y persianas de madera que impedían el paso de la luz, de manera que sólo entraba una tenue penumbra.

Un hombre tranquilo y corpulento esperaba sentado en un despacho. Su rostro era paternal y bondadoso, y sus ojos brillaban amistosamente. Era de los que dan los buenos días, un ceremonioso estrechador de manos, un personaje divertido, que conocía todas las bromas y, sin embargo, estaba siempre suspendido cerca de la tristeza, ya que era capaz de recordar, en medio de una carcajada, la muerte de una tía de su interlocutor, con los ojos húmedos de pena por su pérdida. Aquella mañana, había puesto una flor en un vaso sobre su escritorio, un solitario hibisco escarlata, y el vaso estaba junto a la bandeja de las perlas, forrada en terciopelo negro, delante de él. Estaba afeitado hasta el límite de las azules raíces de su barba, y tenía las manos limpias y las uñas lustradas. Su puerta se mantenía abierta a la mañana, y él canturreaba en voz baja mientras su mano derecha practicaba juegos de prestidigitación. Hacía rodar una moneda de un lado a otro sobre los nudillos, y la hacía aparecer y desaparecer, y la hacía girar y relucir. La moneda estaba a la vista un instante y, con la misma velocidad con que se había mostrado, se escabullía, y el hombre ni siquiera miraba su propia actuación. Los dedos lo hacían todo en forma mecánica, con precisión, mientras el hombre tarareaba para sí mismo y se asomaba, curioso, a la puerta. Entonces oyó el pesado paso de los pies de la muchedumbre que se aproximaba, y los dedos de su mano derecha empezaron a moverse cada vez más rápido hasta que, cuando la figura de Kino llenó el vano, la moneda brilló un instante y desapareció.

—Buenos días, amigo mío —dijo el hombre corpulento—. ¿Qué puedo hacer por usted?

Kino dejó perder la mirada en la penumbra del pequeño despacho, pues sus pupilas estaban contraídas por la claridad exterior. Pero los ojos del comprador se habían tornado tan imperturbables y crueles y carentes de párpados como los de un halcón, mientras el resto de su cara sonreía en un saludo. Y en secreto, detrás del escritorio, su mano derecha practicaba con la moneda.

—Tengo una perla —dijo Kino. Y Juan Tomás se puso a su lado y bufó un poco ante su excesiva modestia. Los vecinos, al otro lado de la puerta, se asomaban a espiar, y una fila de niños se cogía de los barrotes de la ventana y miraba desde allí. Varios pequeños, sobre manos y rodillas, observaban la escena desde los alrededores de las piernas de Kino.

—Tiene usted una perla —dijo el negociador—. A veces, un hombre trae una docena. Bien, veamos su perla. La tasaremos y le daremos el mejor precio —y sus dedos movían furiosamente la moneda.

Ahora, por instinto, Kino supo mostrar su propio bagaje de efectos dramáticos. Lentamente, sacó la bolsa de piel; lentamente, sacó de ella el suave y seco trozo de gamuza, y luego dejó rodar la gran perla sobre la bandeja de terciopelo negro, e instantáneamente sus ojos fueron hacia la cara del comprador. Pero no hubo signo alguno, ni movimiento, la cara no cambió, aunque la mano oculta tras el escritorio perdió precisión. La moneda se deslizó sobre un nudillo y cayó silenciosamente sobre los muslos del negociador. Y los dedos, tras el escritorio, se cerraron formando un puño. Cuando la mano derecha salió de su escondite, el índice tocó la gran perla, la hizo girar sobre el terciopelo negro; pulgar e índice la levantaron y la acercaron a los ojos del negociador, y la hicieron dar unas vueltas en el aire.

Kino contuvo el aliento, y los vecinos contuvieron el aliento, y el murmullo recorrió la muchedumbre hacia atrás: «La está inspeccionando... Aún no se ha mencionado ningún precio... No han hablado de precios...».

La mano del negociador se había convertido ya en una personalidad. La mano volvió a echar la gran perla sobre la bandeja, el índice la empujó y la ofendió, y en el rostro del negociador apareció una triste y desdeñosa sonrisa.

—Lo siento, amigo —dijo, y sus hombros se levantaron ligeramente para indicar que el infortunio no era culpa de él.

—Es una perla de gran valor —dijo Kino.

Los dedos del negociador rechazaron la perla, de modo que ésta saltó y rebotó suavemente en el costado de la bandeja de terciopelo.

—Habrá oído hablar del oro de los tontos —dijo el negociador—. Su perla es como el oro de los tontos. Es demasiado grande. ¿Quién la va a comprar? No hay mercado para cosas así. Es sólo una curiosidad. Lo lamento. Usted creía que era algo de valor, y es sólo una curiosidad.

Ahora, el rostro de Kino mostraba perplejidad y preocupación.

—Es la Perla del Mundo —gritó—. Nadie ha visto jamás una perla como ésta.

—Por el contrario —dijo el negociador—, es grande y tosca. Como curiosidad, tiene interés; quizás algún museo la acepte para colocarla en una colección de conchas. Puedo darle, digamos... mil pesos.

El rostro de Kino se puso gris y amenazante.

—Vale cincuenta mil —dijo—. Usted lo sabe. Usted quiere engañarme.

Y el negociador oyó el suave gruñido que profirió la muchedumbre al oír su precio. Y el miedo estremeció ligeramente al negociador.

—No me culpe —se apresuró a decir—. Sólo soy un tasador. Pregunte a los demás. Vaya a sus despachos y muestre su perla... o, mejor, que ellos vengan aquí, para que vea que no hay ninguna confabulación... Muchacho —llamó. Y, cuando su criado asomó en la puerta trasera, dijo:— Muchacho, ve a buscar a tal, y a tal otro, y a tal tercero. Pídeles que vengan y no les digas por qué. Diles sólo que me gustaría verles...

Y su mano derecha se metió detrás del escritorio, y sacó otra moneda del bolsillo, y la moneda empezó a rodar de un lado a otro sobre sus nudillos.

Los vecinos de Kino murmuraban. Ellos ya habían temido algo así. La perla era grande, pero tenía un color raro. Ellos habían desconfiado de ella desde el principio. Y, después de todo, mil pesos no se podían despreciar. En términos comparativos, era riqueza para un hombre que no tenía riqueza alguna. Y suponga usted que Kino coge los mil pesos. Ayer mismo no tenía nada.

Pero Kino se había puesto firme y duro. Percibía el acecho del hado, el círculo de los lobos, el cernerse de los buitres. Percibía el mal coagulándose a su alrededor, y era incapaz de protegerse a sí mismo. Oía la música del mal en su interior. Y, sobre el terciopelo negro, la gran perla resplandecía de modo tal que el negociador no podía apartar los ojos de ella.

La muchedumbre de la entrada se agitó y se quebró y abrió paso a los tres compradores de perlas. La muchedumbre guardaba silencio ahora, temerosa de perder una palabra, un gesto o una expresión. Kino estaba callado y atento. Sintió un pellizco en la espalda, y se volvió y miró los ojos de Juana, y cuando se apartó de ellos había renovado su fuerza.

Los negociadores no se miraban entre ellos, ni miraban la perla. El hombre de detrás del escritorio dijo:

—He puesto un precio a esa perla. El propietario, aquí, no cree que sea correcto. Les pido a ustedes que examinen esta... esta cosa, y hagan una oferta. Advierta —dijo a Kino— que no he mencionado mi propia oferta.

El primer negociador, seco y fibroso, parecía ahora ver la perla por primera vez. La levantó, la hizo girar entre el pulgar y el índice, y luego la devolvió con un gesto de desdén a la bandeja.

—No me incluyan a mí en la discusión —dijo secamente—. Yo no haré ninguna oferta. No la quiero. No es una perla... es una monstruosidad.

Sus finos labios se curvaron.

Ahora, el segundo negociador, un hombrecillo de tono suave y hasta tímido, cogió la perla y la examinó cuidadosamente. Sacó una lupa del bolsillo y la inspeccionó bajo la lente. Luego rió sin estridencia.

—Se hacen perlas mejores con pasta —dijo—. Conozco estas cosas. Es tersa y cretosa, perderá el color y morirá en pocos meses. Mire —y ofreció la lupa a Kino, le mostró cómo usarla, y Kino, que nunca había visto la superficie de una perla con aumento, se sintió impresionado por su extraño aspecto.

El tercer negociador tomó la perla de la mano de Kino.

—A uno de mis clientes le gustan estas cosas —dijo—. Le ofreceré quinientos pesos, y tal vez pueda venderla a mi cliente a seiscientos.

Kino le arrebató la perla. La envolvió en la gamuza y se la guardó en la camisa.

El hombre de detrás del escritorio dijo:

—Soy un tonto, lo sé, pero mi primera oferta sigue en pie. Todavía estoy dispuesto a darle mil. ¿Qué hace? —preguntó, mientras Kino sacaba la perla de la vista.

—Me timan —gritó Kino, furioso—. Mi perla no es para vender aquí. Iré... tal vez, hasta la capital.

Los negociadores se miraron un instante. Sabían que habían apostado demasiado fuerte. Sabían que serían castigados por su fracaso, y el hombre del escritorio se apresuró a decir:

—Podría llegar hasta mil quinientos.

Pero Kino ya se abría paso por entre la multitud. El rumor de las conversaciones le llegaba como de un lugar remoto, la sangre le golpeaba con cólera en los oídos, y pasó como un rayo y se alejó a zancadas. Juana le siguió, trotando.

Al atardecer, los vecinos, en las cabañas, se sentaron a comer sus tortillas y sus frijoles, y conversaron sobre el gran tema de la mañana. No sabían, les parecía una buena perla, pero nunca habían visto una perla así con anterioridad, y seguramente los negociadores sabían más que ellos acerca del valor de las perlas.

—Y observad —dijeron— que los negociadores no discutieron el tema entre ellos. Los tres sabían que la perla no tenía valor.

—¿Y si se hubiesen puesto de acuerdo antes?

—Si es así, nos han estado engañando a todos durante toda la vida.

Quizá, sostuvo uno, quizá hubiese sido mejor que Kino aceptara los mil quinientos pesos. Es mucho dinero, más del que vio nunca. Quizá Kino sea un terco loco. Suponed que realmente vaya a la capital y no encuentre comprador para su perla. Jamás conseguiría olvidarlo.

Y ahora, dijeron otros aprensivos, ahora que los ha desafiado, estos compradores ya no querrán tratar con él. Tal vez, Kino se haya cortado su propia cabeza y se haya destruido.

Y otros dijeron: Kino es un hombre valiente, y un hombre apasionado; tiene razón; es posible que su coraje nos favorezca a todos. Éstos estaban orgullosos de Kino.

En su casa, Kino se acuclilló sobre su jergón y meditó con tristeza. Había enterrado su perla debajo de una de las piedras del hogar, en su cabaña, y se quedó mirando fijamente los dibujos tejidos en su jergón hasta que la trama empezó a bailar ante él. Había perdido un mundo y no había ganado otro. Y Kino tenía miedo. Nunca en su vida se había alejado de su pueblo. Tenía miedo de los desconocidos y de los lugares desconocidos. Le aterrorizaba ese monstruo de desconocimiento que llamaban la capital. Estaba más allá del agua y al otro lado de las montañas, a más de mil kilómetros, y cada terrible kilómetro desconocido era temible. Pero Kino había perdido su propio mundo y debía trepar hasta alcanzar uno nuevo. Puesto que su ensoñación del futuro era real y nunca sería destruida, dijo «iré» y también creó una cosa real. Decidir ir y decirlo era haber recorrido medio camino.

Juana le estuvo observando mientras él enterraba su perla, y también le estuvo observando mientras ella limpiaba a Coyotito, y le alimentaba, y preparaba las tortillas para la cena.

Juan Tomás entró y se acuclilló junto a Kino y permaneció en silencio durante largo rato, hasta que, al final, Kino preguntó:

—¿Qué podía hacer? Son tramposos.

Juan Tomás asintió con gravedad. Él era el mayor, y Kino le pedía consejo.

—Es difícil saber —dijo—. Sabemos que se nos engaña desde nuestro nacimiento hasta en el precio de los ataúdes. Pero sobrevivimos. Tú has desafiado, no a los compradores de perlas, sino a la estructura entera, al modo de vida entero, y temo por ti.

—¿A qué puedo temer yo, como no sea el morir de hambre? —preguntó Kino.

Pero Juan Tomás negó con la cabeza.

—A eso, debemos temerle todos. Pero supongamos que tienes razón... Supongamos que tu perla es de gran valor... ¿crees que en ese caso el juego habrá terminado?

—¿Qué quieres decir?

—No sé —dijo Juan Tomás—. Pero temo por ti. Estás andando por un territorio nuevo, no conoces el camino.

—Iré. Iré pronto —dijo Kino.

—Sí —acordó Juan Tomás—. Debes hacerlo. Pero me pregunto si darás con algo diferente en la capital. Aquí, tienes amigos; y a mí, tu hermano. Allá, no tendrás a nadie.

—¿Qué puedo hacer? —gritó Kino—. Aquí hay un gran atropello... Mi hijo tiene que tener una oportunidad. Eso es lo que está amenazado. Mis amigos me protegerán.

—Sólo mientras no estén en peligro o asustados —dijo Juan Tomás—. Ve con Dios —añadió, levantándose.

Y Kino dijo:

—Ve con Dios —y ni siquiera alzó los ojos, porque esas palabras le produjeron un extraño estremecimiento.

Hasta mucho después de que Juan Tomás se hubiese marchado, siguió Kino meditando sobre su jergón. Un letargo se había apoderado de él, y una leve desesperanza gris. Todos los caminos parecían cerrados para él. En su cabeza, sólo oía la música oscura del enemigo. Sus sentidos estaban intensamente vivos, pero su mente retornaba a una profunda participación en todas las cosas, el don que debía a su pueblo. Oía hasta el menor sonido de la poblada noche, el lamento de los pájaros en el sueño, la agonía amorosa de los gatos, el golpe y la retirada de las breves olas en la playa y el simple siseo de la distancia. Y percibía el áspero olor de las algas abandonadas por la marea al retirarse. El tenue resplandor de las ramas al arder hacía saltar el dibujo del jergón ante sus ojos extasiados.

Juana le observaba con preocupación, pero le conocía y sabía que le ayudaría más quedándose callada y cerca. Y como si ella también oyera la Canción del Mal, le presentó batalla, cantando dulcemente la melodía de la familia, de la seguridad y el calor y la plenitud de la familia. Tenía a Coyotito en los brazos y cantaba esa canción para él, para mantener a raya el mal, y su voz valerosa se enfrentaba a la amenaza de la música oscura.

Kino no se movía ni pedía la cena. Ella sabía que la pediría cuando la quisiera. Sus ojos seguían perdidos, y él percibía la presencia del astuto, atento mal fuera de la cabaña; sentía arrastrarse las cosas de las tinieblas que esperaban que él saliera a la noche. La noche, que, pese a la oscuridad y el espanto, le llamaba y le amenazaba y le desafiaba. Su mano derecha palpó el cuchillo dentro de la camisa; tenía los ojos muy abiertos; se puso de pie y anduvo hacia la puerta.

Juana quiso detenerle; levantó la mano para detenerle, y el terror le abrió la boca. Durante un largo momento, Kino miró la oscuridad y, luego, salió. Juana oyó el breve asalto, los gruñidos de la lucha, el golpe. El pánico la heló un instante, y luego sus labios descubrieron sus dientes como los labios de un gato. Dejó a Coyotito en el suelo. Cogió una piedra del hogar y se lanzó fuera, pero ya todo había terminado. Kino yacía en tierra, esforzándose por ponerse de pie, y no había nadie cerca. Sólo las sombras y el romper y el retirarse de las olas y el siseo de la distancia. Pero el mal les rodeaba, oculto tras el seto, acurrucado junto a la casa en las sombras, flotando en el aire.

Juana soltó la piedra, y rodeó a Kino con los brazos, y le ayudó a incorporarse y le sostuvo en su regreso a la casa. La sangre le empapaba el cuero cabelludo y tenía un largo, profundo corte en la cara, de la oreja a la barbilla, una honda, sangrante puñalada. Y no estaba del todo consciente. Movió la cabeza hacia los lados. Tenía la camisa rasgada y las ropas mal puestas. Juana le sentó en el jergón y le enjugó la sangre del rostro con su falda. Le dio a beber pulque de un jarrito, y él seguía sacudiendo la cabeza para disipar la oscuridad.

—¿Quién? —preguntó Juana.

—No sé —dijo Kino—. No he visto.

Ahora, Juana acercó la jofaina de arcilla y le lavó el corte de la cara mientras él, confundido, miraba sin ver.

—Kino, marido mío —gritó, y él miró más allá de ella—. Kino, ¿me oyes?

—Te oigo —dijo él con un tono apagado.

—Kino, esa perla es maligna. Terminemos con ella, antes de que ella termine con nosotros. Destrocémosla entre dos piedras. Arrojémosla... arrojémosla de nuevo al mar, al que pertenece. Kino, ¡es maligna, es maligna!

Y, mientras ella hablaba, la luz retornó a los ojos de Kino, de modo que brillaron salvajemente, y sus músculos se endurecieron y su voluntad se endureció.

—No —dijo—. Lucharé contra eso. Lo venceré. Tendremos nuestra oportunidad —descargó el puño sobre el jergón—. Nadie nos arrebatará nuestra buena fortuna —dijo. Sus ojos lucieron entonces más dulces, y puso la mano con delicadeza en el hombro de Juana—. Créeme —dijo—. Soy un hombre —y su expresión se hizo astuta—. En la mañana, cogeremos nuestra canoa y cruzaremos el mar y las montañas hacia la capital. Tú y yo. No nos timarán. Soy un hombre.

—Kino —dijo ella con voz ronca—, tengo miedo. A un hombre se le puede asesinar. Devolvamos la perla al mar.

—Calla —dijo él con furia—. Soy un hombre. Calla —y ella guardó silencio, porque su voz se le imponía—. Vamos a dormir un poco. Con la primera luz, nos marcharemos. ¿Te da miedo venir conmigo?

—No, marido mío.

Él la miró con dulzura y calidez, y le tocó la mejilla.

—Vamos a dormir un poco —dijo.

# Capítulo 5

La luna tardía se levantó antes de que cantara el primer gallo. Kino abrió los ojos en la oscuridad porque había sentido un movimiento cerca, pero se quedó quieto. Sólo sus ojos exploraron la oscuridad y, a la pálida luz de la luna, que se filtraba por los agujeros de la cabaña, Kino vio a Juana levantarse de su lado. La vio ir hacia el fuego. Actuaba con tal cuidado que él sólo oyó el sonido más leve cuando ella movió la piedra del hogar. Y entonces, como una sombra, se deslizó hacia la puerta. Se detuvo un momento junto a la caja colgante en que yacía Coyotito, luego, durante un segundo, fue negra en el vano, y luego se había ido.

Y la rabia surgió en Kino. Se puso de pie de un salto y la siguió en el mismo silencio en que ella había salido, y oyó sus rápidos pasos hacia la orilla. La siguió discretamente, y su cerebro estaba rojo de ira. De pronto, ella dejó atrás la línea de los setos y fue hacia el agua dando traspiés sobre los cantos rodados, y luego le oyó llegar y echó a correr. Tenía el brazo alzado para lanzar cuando él le dio alcance y la cogió y le arrancó la perla de la mano. La golpeó en el rostro con el puño cerrado y, cuando cayó, le dio un puntapié en el costado. A la tenue luz de aquella hora, él vio cómo las breves olas rompían sobre ella, y su falda flotaba, y se le adhería a las piernas cuando el agua se retiraba.

Kino la miró mostrando los dientes. Silbó como una serpiente y Juana le contempló con grandes ojos sin miedo, como una oveja al matarife. Sabía que él podía matar, y estaba bien; lo había aceptado, y no iba a resistirse, y ni siquiera iba a protestar. Y entonces la cólera abandonó a Kino y un asco malsano la reemplazó. Se volvió y se apartó de ella y remontó la playa y sobrepasó la línea de los setos. Tenía los sentidos embotados por la emoción.

Oyó venir el ataque, sacó el cuchillo y arremetió contra una imagen oscura, y sintió entrar la hoja, y luego estuvo de rodillas y luego otra vez en el suelo. Dedos codiciosos hurgaron entre sus ropas, dedos frenéticos le exploraron, y la perla, que él había soltado en la lucha, titilaba tras una pequeña piedra del sendero. Reflejaba la suave luz de la luna.

Juana se arrancó a las rocas del borde del agua. Su rostro era una pena oscura y el costado le dolía. Estuvo un rato de rodillas y la falda mojada se le pegaba al cuerpo. No sentía ira hacia Kino. Él había dicho «soy un hombre», y eso significaba determinadas cosas para Juana. Significaba que era mitad loco y mitad dios. Significaba que Kino se lanzaría con toda su fuerza contra una montaña y se sumergiría con toda su fuerza en lucha con el mar. Juana, en su alma de mujer, sabía que la montaña permanecería impasible y el hombre, en cambio, se destrozaría; que el mar se agitaría y el hombre, en cambio, se ahogaría. Y, sin embargo, era eso lo que hacía de él un hombre, mitad loco y mitad dios, y Juana tenía necesidad de un hombre; no podía vivir sin un hombre. Si bien podía verse confundida por esas diferencias entre hombres y mujeres, los conocía y los aceptaba y los necesitaba. Por supuesto, le seguiría, eso estaba fuera de toda cuestión. En ocasiones, la condición de mujer, la sensatez, la cautela, el instinto de conservación, lograban imponerse a la condición de hombre de Kino y salvarlos a todos. Se puso de pie con dificultad y, haciendo cuenco con las manos y metiéndolas en las breves olas, se lavó la cara lastimada con punzante agua salada, y luego se arrastró como pudo playa arriba en pos de Kino.

Un grupo de nubes, procedentes del sur, cubrió el cielo. La pálida luna entraba y salía de entre sus hebras, de modo que Juana andaba en la oscuridad en un momento y a la luz en el siguiente. El dolor doblaba su espalda y tenía la cabeza baja. Pasó la línea de los setos con la luna cubierta y, cuando ésta lució, vio el resplandor de la gran perla en el sendero detrás de una piedra. Cayó de rodillas y la recogió, y la luna volvió a entrar en la oscuridad de las nubes. Juana permaneció de rodillas, considerando la posibilidad de regresar al mar y terminar su tarea, y, mientras lo pensaba, retornó la luz y vio dos figuras tendidas en el sendero delante de ella. Dio un salto y comprobó que una era de Kino y la otra de un desconocido, de cuyo cuello salía un líquido oscuro y brillante.

Kino se movió lentamente, agitando brazos y piernas como una chinche aplastada, y un espeso murmullo brotó de su boca. Entonces, en un instante, Juana comprendió que la existencia anterior había terminado para siempre. Un hombre muerto en el sendero y el cuchillo de Kino, con la hoja manchada a su lado, la convencieron. Juana había estado todo el tiempo tratando de rescatar algo de la antigua paz, de la época previa a la perla. Pero ahora se había ido, y no había recuperación posible. Y, sabiéndolo, abandonó el pasado instantáneamente. No había otra cosa que hacer que salvarse.

Su dolor desapareció, y su lentitud. Rápidamente, arrastró el cuerpo del hombre, sacándolo del sendero y ocultándolo al abrigo de un seto. Fue hacia Kino y le limpió la cara con la falda mojada. Él recobró el sentido y gimió.

—Han cogido la perla. La he perdido. No está —dijo—. La perla no está.

Juana le tranquilizó como si tranquilizara a un niño enfermo.

—Calla —dijo—. Aquí está tu perla. La encontré en el sendero. ¿Me oyes? Aquí está tu perla. ¿Lo entiendes? Has matado a un hombre. Tenemos que marcharnos. Vendrán a por nosotros, ¿comprendes? Debemos marcharnos antes de que sea de día.

—Me atacaron —dijo Kino con inquietud—. Herí para salvar mi vida.

—¿Recuerdas lo que pasó ayer? —preguntó Juana—. ¿Crees que eso le importa a alguien? ¿Recuerdas a los hombres de la ciudad? ¿Crees que tu explicación servirá de algo?

Kino aspiró profundamente y ahuyentó su debilidad.

—No —dijo—. Tienes razón.

Y su voluntad se endureció y volvió a ser un hombre.

—Ve a la casa y trae a Coyotito —dijo—, y trae todo el maíz que tenemos. Botaré la canoa y nos iremos.

Cogió su cuchillo y se alejó de ella. Dando traspiés por la playa, llegó a su canoa. Y cuando volvió a haber luz, vio que estaba rota, que tenía un gran agujero en el fondo. Y una furia abrasadora le invadió y le dio fuerza. Ahora la oscuridad se cerraba sobre su familia; ahora la música del mal llenaba la noche, flotaba sobre los mangles, sonaba en el batir de las olas. La canoa de su abuelo, revestida una y otra vez, y con un agujero de reborde astillado. Era una maldad inconcebible. Matar a un hombre no era tan malo como matar una barca. Porque una barca no tiene hijos, y una barca no puede protegerse, y una barca herida no se cura. Había pesar en la furia de Kino, pero esta última le había fortalecido hasta un punto en que era imposible que se desmoronara. Ahora era un animal, para ocultarse, para atacar, y vivía únicamente para preservarse y para preservar a su familia. No era consciente del dolor de su cabeza. Remontó la playa en unos pocos saltos y pasó la línea de los setos rumbo a su cabaña, y no se le ocurrió coger una de las canoas de sus vecinos. Esa idea nunca entró en su cerebro más que la de romper una barca.

Los gallos cantaban, y ya no faltaba mucho para el alba. El humo de los primeros fuegos se filtraba a través de las paredes de las cabañas, y el primer aroma de tortillas cocidas estaba en el aire. Ya los pájaros del amanecer se agitaban en los arbustos. La pálida luna iba perdiendo su luz, y las nubes se espesaban y cuajaban hacia el sur. El viento soplaba fresco en el estuario, un viento nervioso, infatigable, con olor a tormenta en el aliento, y había cambio e inquietud en el aire.

Kino, en su camino hacia la casa, sintió que el optimismo crecía en él. Ya no estaba confundido, porque había una única cosa que hacer, y la mano de Kino se dirigió primero a la gran perla, en el interior de su camisa, y luego a su cuchillo, que pendía debajo.

Vio una lucecilla delante, y luego, sin intervalo, una llamarada se elevó de golpe en la oscuridad con un rugido crepitante, y un alto edificio de fuego iluminó el sendero. Kino se echó a correr; era su cabaña, lo sabía. Y sabía que aquellas casas podían arder en unos instantes. Y en su carrera, vio correr hacia él una imagen: Juana con Coyotito en los brazos y la manta de hombro de Kino en la mano. El bebé gemía de miedo, y los ojos de Juana estaban muy abiertos y llenos de terror. Kino veía que la casa había desaparecido, y no preguntó nada a Juana. Él sabía, pero ella dijo:

—Estaba arrasada, y con el suelo destrozado... hasta la caja del niño estaba volcada y, mientras yo miraba, le prendieron fuego desde fuera.

La salvaje luz de la casa en llamas iluminó intensamente el rostro de Kino.

—¿Quién? —inquirió.

—No sé —dijo ella—. Los oscuros.

Los vecinos salían ahora a medio vestir de sus casas y

contemplaban las chispas que caían, y las apagaban con los pies para salvar sus propias casas. De pronto, Kino tuvo miedo. La luz le dio miedo. Recordó al hombre muerto tras el seto, junto al sendero, y cogió a Juana por el brazo y la arrastró hacia la sombra de una casa apartada de la luz, porque la luz era peligrosa para él. Tras considerarlo un momento, se movió en las sombras hasta llegar a la casa de Juan Tomás, su hermano, y se escabulló en el interior, arrastrando a Juana tras él. Fuera, oía los chillidos de los niños y los gritos de los vecinos, porque sus amigos creían posible que él estuviese dentro de la casa quemada.

La casa de Juan Tomás era casi exactamente igual a la de Kino; casi todas las cabañas eran similares, y en todas se filtraban la luz y el aire, de modo que Juana y Kino, sentados en el fondo de la casa del hermano, al otro lado de la pared, vieron saltar las llamas. Vieron las llamas altas y furiosas, vieron caer el techo y vieron morir el fuego con la misma rapidez con que muere un fuego de ramitas. Oyeron los gritos de advertencia de los amigos, y el estridente e intenso chillido de Apolonia, esposa de Juan Tomás. Ella, al ser el miembro femenino de la familia más próximo a ellos, elevaba un lamento formal por la muerte de sus parientes.

Apolonia se dio cuenta de que llevaba puesto su segundo mejor chal y se precipitó en el interior de su casa en busca del mejor. Revolvía un arcón junto a la pared cuando la voz de Kino dijo con serenidad:

—Apolonia, no llores. No estamos heridos.

—¿Cómo habéis llegado hasta aquí? —preguntó ella.

—No preguntes —dijo él—. Ve a buscar a Juan Tomás y tráele hasta aquí sin decirle nada. Es importante para nosotros, Apolonia.

Ella se detuvo, las manos abiertas en un gesto de desamparo, y luego dijo:

—Sí, cuñado mío.

A los pocos momentos, Juan Tomás regresó con ella. Encendió una vela y se acercó al sitio en que sus parientes esperaban, agachados.

—Apolonia —dijo—, vigila la puerta, y no dejes entrar a nadie... —era el mayor, Juan Tomás, y asumía su autoridad—. Ya, mi hermano...

—Me atacaron en la oscuridad —dijo Kino—. Y, en la pelea, maté a un hombre.

—¿Quién? —se apresuró a averiguar Juan Tomás.

—No sé. Es todo oscuridad... todo oscuridad, y formas de oscuridad.

—Es la perla —dijo Juan Tomás—. Hay un demonio en esa perla... Tú debías haberla vendido y traspasado el demonio. Tal vez todavía puedas venderla y comprar paz para ti mismo.

Y Kino dijo:

—Oh, hermano mío, me ha sido inferida una ofensa más profunda que mi vida. Porque, en la playa, mi canoa está rota, mi casa está quemada y, tras el seto, yace un hombre muerto. Todas las salidas están cerradas. Tienes que ocultarnos, hermano mío.

Y Kino, que le miraba desde muy cerca, vio que un hondo pesar entraba en los ojos de su hermano y se anticipó a un posible rechazo.

—No por mucho tiempo —dijo inmediatamente—. Sólo hasta que haya pasado un día y haya llegado la nueva noche. Entonces nos iremos.

—Te ocultaré —dijo Juan Tomás.

—No quiero que corras peligro por mí —dijo Kino—. Sé que soy como un leproso. Esta noche me marcharé y entonces tú estarás a salvo.

—Te protegeré... —dijo Juan Tomás, y ordenó—: Apolonia, cierra la puerta. Ni siquiera susurres que Kino está aquí.

Pasaron el día en silencio, sentados en la oscuridad de la cabaña, y oyeron a los vecinos hablar de ellos. A través de las paredes de la casa observaron a los vecinos escarbando entre las cenizas en busca de sus huesos. Acuclillados en la casa de Juan Tomás, oyeron a sus vecinos asimilar la impresión de la noticia de la barca rota. Juan Tomás salió y se mezcló con los vecinos para ahuyentar sus sospechas, y les proporcionó teorías e ideas acerca de lo que les podía haber ocurrido a Kino y a Juana y al bebé. A uno le dijo:

—Creo que se han ido al sur, siguiendo la costa, para escapar de la maldición que tienen encima.

Y a otro:

—Kino nunca dejaría el mar. Tal vez encuentre otra barca.

Y dijo:

—Apolonia está enferma de pena.

Y aquel día, el viento se levantó para batir el Golfo, y arrancó las algas y los tallos que bordeaban la costa, y el viento pasó gritando por las cabañas, y ninguna barca estuvo segura en el agua. Entonces, Juan Tomás dejó caer entre los vecinos:

—Kino se ha ido. Si salió al mar, ya estará ahogado.

Y, tras cada visita a los vecinos, Juan Tomás regresaba con algo que le habían prestado. Trajo una bolsita de paja tejida con alubias rojas y una calabaza llena de arroz. Consiguió una taza de ajíes secos y un trozo de sal, y un gran cuchillo de trabajo, de treinta centímetros de hoja y pesado como un hacha pequeña, herramienta y arma. Y cuando Kino vio aquel cuchillo, sus ojos se encendieron, y acarició el acero y su pulgar probó el filo.

El viento gritó sobre el Golfo y tornó blanca el agua, y los mangles cabecearon como ganado asustado, y un fino polvo arenoso se alzó de la tierra y quedó suspendido en una espesa nube encima del mar. El viento despejó las nubes y limpió el cielo por entero y amontonó la arena del campo como nieve.

Luego, cuando la noche estuvo cerca, Juan Tomás habló largamente con su hermano.

—¿Adónde irás?

—Al norte —dijo Kino—. He oído decir que hay ciudades en el norte.

—Evita la costa —dijo Juan Tomás—. Están organizando una partida para explorar la costa. Los hombres de la ciudad te buscarán. ¿Todavía tienes la perla?

—La tengo —dijo Kino—. Y la conservaré. Podía haberla entregado en ofrenda, pero ahora es mi infortunio y mi vida, y la conservaré.

Sus ojos eran duros y crueles y amargos.

Coyotito gimió y Juana murmuró fórmulas mágicas para que permaneciera en silencio.

—El viento es bueno —dijo Juan Tomás—. No habrá huellas.

Partieron calladamente en la oscuridad, antes de que hubiese salido la luna. La familia se separó formalmente en la casa de Juan Tomás. Juana llevaba a Coyotito sobre la espalda, cubierto y sujeto por su chal, y el bebé dormía, con la cara vuelta y apoyada sobre el hombro de su madre. El chal cubría al bebé, y uno de sus extremos pasaba por sobre la nariz de Juana, para protegerla del malsano aire de la noche. Juan Tomás abrazó a su hermano con un doble abrazo y le besó en ambas mejillas.

—Ve con Dios —dijo, y fue como una muerte—. ¿No te desprenderás de la perla?

—Esta perla ha llegado a ser mi alma —dijo Kino—. Si me desprendo de ella, perderé mi alma. Ve tú también con Dios.

# Capítulo 6

El viento soplaba con fiereza y con fuerza, y arrojaba sobre ellos fragmentos de ramas, arena y piedrecillas. Juana y Kino se cogieron las ropas para ajustarlas aún más al cuerpo, se cubrieron la nariz y salieron al mundo. El viento había limpiado el cielo y en él lucían las estrellas frías. Andaban con cautela, y evitaron el centro del pueblo, por donde cualquiera que durmiese en la entrada de una casa podía verles pasar. Porque el pueblo se cerraba sobre sí mismo ante la noche, y cualquiera que se moviera por allí en la oscuridad sería advertido. Kino se deslizó por el borde de la ciudad y enfiló hacia el norte, el norte según las estrellas, y encontró el irregular camino de arena que, por el monte bajo, llevaba hacia Loreto, donde la Virgen milagrosa tenía su santuario.

Kino percibió contra los tobillos la arena arrastrada por el viento, y se sintió contento, porque supo que no quedarían huellas. La débil luz de las estrellas le revelaba el estrecho camino en el monte bajo. Y Kino oía el paso de los pies de Juana tras él. Avanzaban rápido y en silencio, y Juana trotaba para no perderle.

Algo ancestral se movía en Kino. A través de su miedo a la oscuridad y a los demonios que poblaban la noche, le alcanzó una fuerte corriente de optimismo; algo animal se movía en él, y le hacía astuto y cauto y peligroso; algo procedente del remoto pasado de su pueblo vivía en él. Tenía el viento en la espalda y las estrellas le guiaban. El viento gritaba y batía en la maleza, y la familia seguía andando monótonamente, hora tras hora. No se cruzaron con nadie ni vieron a nadie. Finalmente, a su derecha, se levantó la luna menguante y, cuando estuvo alta, el viento murió y la tierra se serenó.

Ahora veían la senda delante, profundamente hendida por huellas de ruedas en la arena. Al cesar el viento, habría marcas de pisadas, pero se encontraban ya a buena distancia del pueblo y tal vez sus huellas no fuesen advertidas. Kino adelantó cuidadosamente por la señal de una rueda, y Juana siguió su ejemplo. Un carro grande que fuese hacia el pueblo por la mañana, borraría todo rastro de su paso.

Caminaron toda la noche sin alterar nunca el ritmo de la marcha. Una vez, Coyotito despertó, y Juana lo cambió de sitio y lo sostuvo contra su pecho, tranquilizándole, hasta que se volvió a dormir. Y los malos espíritus de la noche les rodeaban. Los coyotes llamaban y reían en la maleza, y los búhos chillaban y silbaban sobre sus cabezas. Y en una ocasión, un animal grande se alejó pesadamente, haciendo crujir las malas hierbas. Y Kino aferró el mango del gran cuchillo de trabajo y obtuvo de él un fuerte sentimiento de protección.

La música de la perla resonaba triunfal en la cabeza de Kino, y la serena música de la familia subyacía a ella, y ambas se entrelazaban con el suave ritmo de los pies, calzados con sandalias, en el polvo. Toda la noche anduvieron, y al despuntar el alba Kino buscó a los lados del camino un soto en que echarse durante el día. Encontró su sitio cerca de la senda, un pequeño claro donde podía haberse tumbado un ciervo, cubierto por una espesa cortina de frágiles árboles secos paralela a la huella. Y cuando Juana se hubo sentado y acomodado para alimentar al bebé, Kino regresó a la senda. Rompió una rama y con ella barrió las huellas en el sitio en que se habían apartado de su ruta. Y entonces, a la primera luz, oyó el crujir de un carruaje y se acurrucó a un lado del camino y observó el paso de un pesado carro de dos ruedas, arrastrado por lentos bueyes. Y cuando se perdió de vista, él regresó al camino y miró las huellas y descubrió que las pisadas habían desaparecido. Y volvió a barrer su propio rastro y retornó junto a Juana.

Ella le dio las tortillas que Apolonia había preparado y, al cabo de un rato, durmió un poco. Pero Kino se sentó en el suelo y se quedó mirando la tierra delante de él. Contempló las hormigas que se movían, una fila cerca de su pie, e interpuso el pie en su camino. Entonces la columna pasó por encima de su empeine y continuó el curso de su avance, y Kino dejó el pie allí y las miró andar sobre él.

El sol se elevó, abrasador. Ya no estaban cerca del Golfo, y el aire era seco y ardiente hasta el punto de que la maleza crepitaba por el calor y un agradable aroma a resina se desprendía de ella. Y cuando Juana despertó, con el sol alto, Kino le dijo cosas que ella ya sabía.

—Ten cuidado con los árboles como aquél —dijo, señalando—. No los toques, porque si los tocas, y después te tocas los ojos, te dejarán ciega. Y cuidado con los árboles que sangran. Fíjate, aquél de allí. Porque, si lo rompes, la sangre roja manará de él, y eso trae mala suerte.

Y ella asintió y le sonrió un poco, porque sabía todo aquello.

—¿Nos seguirán? —preguntó—. ¿Crees que tratarán de encontrarnos?

—Tratarán —dijo Kino—. Quien nos encuentre, tendrá la perla. Oh, sí que tratarán.

Y Juana dijo:

—Quizá los negociadores dijeran la verdad y la perla no tenga valor alguno. Quizás haya sido todo una ilusión.

Kino hurgó entre sus ropas y sacó la perla. Dejó que el sol jugara sobre ella hasta que le escocieron los ojos.

—No —dijo—, no hubiesen procurado robarla si no tuviese valor.

—¿Sabes quién te atacó? ¿Fueron los negociadores?

—No lo sé. No les vi.

Miró la perla en busca de una visión.

—Cuando por fin la vendamos, tendremos un rifle —dijo, y buscó en la brillante superficie su rifle, pero sólo vio un oscuro cuerpo vencido en el suelo con sangre brillante brotando de su cuello. Y se apresuró a decir—: Nos casaremos en una gran iglesia —y en su perla vio a Juana, con el rostro golpeado, arrastrándose hacia la casa en medio de la noche—. Nuestro hijo debe aprender a leer —dijo, frenético. Y en la perla estaba la cara de Coyotito, hinchada y enfebrecida por la medicina.

Y Kino volvió a guardar la perla entre sus ropas, y la música de la perla se había hecho siniestra en sus oídos, y estaba entretejida con la música del mal.

El ardiente sol batía la tierra, y Kino y Juana fueron a refugiarse en el encaje de sombra del monte bajo, y pequeños pájaros grises corrieron por el suelo en la sombra. En el calor del día, Kino se relajó y se cubrió los ojos con el sombrero y se rodeó la cara con la manta para mantener alejadas las moscas, y se durmió.

Pero Juana no durmió. Se estuvo quieta como una piedra, y su rostro permaneció inmóvil. Tenía la boca hinchada donde Kino la había golpeado, y grandes moscas zumbaban alrededor del corte de su barbilla. Pero se mantuvo quieta como un centinela, y cuando Coyotito despertó lo puso en el suelo, delante de ella, y contempló cómo agitaba los brazos y cómo daba puntapiés, y el bebé le sonrió y le gorjeó hasta que ella también sonrió. Cogió una ramita del suelo y le hizo cosquillas y le dio agua de la calabaza que llevaba en su fardo.

Kino se estremeció en un sueño, y gritó con voz gutural, y su mano se movió en una lucha simbólica. Y luego gimió y se incorporó de golpe, los ojos muy abiertos y las aletas de la nariz temblando. Escuchó y oyó solamente las crepitaciones del calor y el siseo de la distancia.

—¿Qué pasa? —preguntó Juana.

—Calla —dijo él.

—Soñabas.

—Tal vez.

Pero estaba desasosegado, y cuando ella le dio una tortilla de su reserva, dejó de masticar para escuchar. Estaba inquieto y nervioso; miraba por encima del hombro; cogió el gran cuchillo y comprobó su filo. Cuando Coyotito gorjeó en el suelo, Kino dijo:

—Manténlo callado.

—¿Qué pasa? —preguntó Juana.

—No lo sé.

Volvió a escuchar, con una luz animal en los ojos. Se levantó luego, en silencio; y, agachado, se abrió paso por entre las malezas hacia la senda. Pero no salió a la senda; arrastrándose, buscó el abrigo de un árbol espinoso y espió el camino por el que habían venido.

Y entonces les vio avanzar. Su cuerpo se tensó, y bajó la cabeza, y miró furtivamente desde debajo de una rama caída. En la distancia, vio tres figuras, dos de a pie y una a caballo. Pero sabía qué eran, y un escalofrío de miedo le recorrió. Aun en la distancia, vio a los dos de a pie moverse con lentitud, inclinados hacia el suelo. Aquí, uno se detuvo y miró la tierra, mientras el otro se reunía con él. Eran rastreadores, podían seguir el rastro de una cabra en las montañas de piedra. Eran sensibles como sabuesos. Aquí, él y Juana podían haber salido de la senda de los carros, y esa gente del interior, esos cazadores, podían seguirles, sabían leer en una brizna rota o en un montón de polvo derribado. Tras ellos, a caballo iba un hombre oscuro, la nariz cubierta por una manta, y, atravesado sobre la silla, un rifle reflejaba el sol.

Kino yacía tan rígido como la rama. Apenas si respiraba, y sus ojos fueron hasta el lugar en que había barrido las huellas. Aun ese barrido podía ser un mensaje para los rastreadores. Conocía a aquellos cazadores del interior. En un país en que había poca caza, se las arreglaban para vivir gracias a su capacidad para la caza, y le estaban cazando a él. Corrían por el campo como animales y encontraban una señal y se agachaban sobre ella mientras el jinete esperaba.

Los rastreadores gañían un poco, como perros excitados sobre una huella fresca. Kino, lentamente, sacó su gran cuchillo y se aprestó a usarlo. Sabía lo que tenía que hacer. Si los rastreadores daban con el sitio que él había barrido, debía saltar sobre el jinete, matarlo a toda prisa y coger el rifle. Era su única oportunidad en el mundo. A medida que los tres se aproximaban por el camino, Kino excavaba pequeños hoyos con los dedos de sus pies calzados con sandalias, para poder saltar por sorpresa sin resbalar. Su visión desde detrás de la rama caída era reducida.

Juana, atrás, en su escondite, oía ya el paso de los cascos de los caballos, y Coyotito gorjeó. Lo alzó rápidamente y lo metió bajo el chal y le dio el pecho, y él calló.

Cuando los rastreadores se acercaron, Kino sólo pudo ver sus piernas y las patas del caballo desde debajo de la rama caída. Vio los oscuros pies callosos de los hombres y sus blancas ropas raídas, y oyó el crujir de la piel de la silla y el tintineo de las espuelas. Los rastreadores se detuvieron en el sitio en que Kino había barrido, y el jinete también se detuvo. El caballo echó la cabeza atrás para liberarse del bocado y el freno se deslizó bajo su lengua y el animal bufó. Entonces, los oscuros rastreadores se volvieron y estudiaron al caballo y observaron sus orejas.

Kino no respiraba, pero su espalda se arqueó un poco, y los músculos de sus brazos y de sus piernas se contrajeron por la tensión y una línea de sudor se formó en su labio superior. Los rastreadores pasaron un largo momento inclinados sobre el camino, y luego se movieron lentamente, estudiando el terreno que tenían delante, y el jinete fue tras ellos. Los rastreadores corrieron, deteniéndose, mirando y apresurándose. Volverían, Kino lo sabía. Darían vueltas y explorarían, ojeando, agachándose, y, tarde o temprano, volverían a su huella cubierta.

Se deslizó hacia atrás, y no se molestó en disimular su rastro. No podía; había allí demasiadas pequeñas señales, demasiadas ramas rotas y puntos desgastados y piedras fuera de lugar. Y había pánico en Kino ahora, un pánico de huida. Los rastreadores encontrarían su huella, lo sabía. No había escapatoria, como no fuese en la huida. Se alejó del camino y fue, rápida y silenciosamente, hacia el escondite en que estaba Juana. Ella le miró, interrogativa.

—Rastreadores —dijo él—. ¡Vamos!

Y entonces un desamparo y una desesperanza pasaron por encima de él, y su rostro se endureció y sus ojos se entristecieron.

—Quizá deba dejar que me cojan.

Instantáneamente, Juana se levantó y puso una mano en su brazo.

—Tienes la perla — gritó con voz ronca—. ¿Crees que te atraparán vivo para que digas que te la han robado?

La mano de él se hundió, laxa, bajo sus ropas, donde la perla estaba escondida.

—La encontrarán —dijo con voz débil.

—Vamos —dijo ella—. ¡Vamos! —y, cuando él no respondió—: ¿Crees que me dejarán vivir? ¿Crees que dejarán vivir al pequeño?

El discurso de la mujer hizo mella en el cerebro de Kino; sus labios se curvaron y sus ojos tornaron a ser fieros.

—Vamos —dijo—. Iremos a las montañas. Tal vez podamos perderlos en las montañas.

Frenéticamente, reunieron los fardos y las bolsitas que eran todo lo que poseían. Kino llevaba un bulto en la mano izquierda, pero el gran cuchillo estaba libre en su mano derecha. Fue picando el monte para Juana y avanzaron de prisa hacia el oeste, hacia las altas montañas de piedra. Atravesaron rápidamente la maraña de malezas. Era el pánico de la huida. Kino no intentaba ocultar su paso, corría, pateando piedras, dañando las reveladoras hojas de los árboles pequeños. El alto sol se derramaba sobre la tierra seca y quebradiza, y la vegetación protestaba. Pero delante estaban las montañas de granito desnudo, elevándose sobre montones de piedrecillas y destacando monolíticas contra el cielo. Y Kino corría en busca de la altura, como lo hacen casi todos los animales perseguidos.

No había agua en aquella tierra, toda cubierta de cactus que podían almacenarla y de hierbajos con grandes raíces que se hundían en el suelo profundamente en busca de un poco de humedad con escaso resultado. Y bajo los pies no había suelo, sino roca quebrada, partida en pequeños cubos, grandes bloques, mas ninguno de ellos rodeado de agua. Breves manojos de triste hierba gris crecían entre las piedras, hierba que, con una única lluvia, había brotado, crecido, dejado caer su simiente, y muerto. Sapos con cuernos miraban pasar a la familia y giraban sus cabecitas de dragón. Y aquí y allá, una gran liebre, perturbada en su sombra, saltaba y se escondía tras la roca más próxima. El calor caía cantando sobre aquel país desierto y, delante, las montañas de piedra parecían frías y acogedoras.

Y Kino huía. Sabía lo que sucedería. A poco andar por el camino, los rastreadores se darían cuenta de que habían perdido la pista, y retrocederían, explorando y juzgando, y en un rato descubrirían el sitio en que Kino y Juana habían descansado. De allí en más, les resultaría fácil... las piedrecitas, las hojas caídas y las ramas quebradas, los lugares mancillados en que un pie hubiese resbalado. Kino les veía en su imaginación, deslizándose tras el rastro, quejándose por impaciencia, y, tras ellos, oscuro y como desinteresado, el jinete del rifle. Su trabajo sería el último, porque no les llevaría de regreso. Oh, la música del mal sonaba ahora con fuerza en la cabeza de Kino, sonaba con los siseos del calor y con el seco retintín de los anillos de las serpientes. Ya no era enorme y sobrecogedora, sino secreta y ponzoñosa, y el latido de su corazón le daba el tono y el ritmo.

El camino empezó a subir y, a medida que lo hacía, las rocas se iban tornando más grandes. Pero Kino ya había puesto cierta distancia entre su familia y los rastreadores. Ahora, sobre la primera elevación, descansaron. Él trepó a una gran roca y dejó vagar la vista por el reluciente campo del que venía, pero no vio a sus enemigos, ni siquiera al jinete alto cabalgando por la maleza. Juana se había acuclillado en la sombra de la roca. Llevó la botella de agua a los labios de Coyotito; su lengüita seca succionó con codicia. Levantó la vista hacia Kino cuando él regresó; le vio examinar sus tobillos, cortados y heridos por las piedras y la maleza, y se los cubrió rápidamente con la falda. Luego le tendió la botella, pero él la rechazó con un movimiento de la cabeza. Los ojos brillaban en la cara cansada del hombre. Kino se humedeció los labios resquebrajados con la lengua.

—Juana —dijo—, yo seguiré y tú te ocultarás. Los llevaré hacia la montaña y, cuando ellos hayan pasado, irás hacia el norte, a Loreto o a Santa Rosalía. Entonces, si consigo escapar, me reuniré contigo. Es el único camino seguro.

Ella le miró durante un momento directamente a los ojos.

—No —dijo—. Vamos contigo.

—Puedo ir más rápido solo —dijo él con aspereza—. Expondrás al pequeño a un peligro mayor si vienes conmigo.

—No —dijo Juana.

—Debes hacerlo. Es lo más sensato y es mi deseo —dijo.

—No —dijo Juana.

Entonces, él buscó en el rostro de ella una señal de debilidad, o de miedo, o de irresolución, y no había ninguna. Tenía los ojos brillantes. Kino se encogió de hombros, desalentado, pero había obtenido fuerza de ella. Cuando se pusieron en marcha, el pánico de huida había desaparecido.

El terreno, según ascendía hacia las montañas, cambiaba rápidamente. Ahora había grandes afloramientos de granito, separados por profundas grietas, y, en lo posible, Kino andaba sobre piedra desnuda, que no registraba huellas, y saltaba de saliente en saliente. Sabía que, donde fuese que los rastreadores perdieran su huella, debían andar en círculo y perder tiempo antes de volver a encontrarlo. Por eso ya no iba en línea recta hacia las montañas; se movía en zigzag, y a veces retrocedía hacia el sur y dejaba una señal y luego retornaba a la montaña por sobre las piedras desnudas. Y el camino subía de pronto bruscamente, de modo que se fatigaba un poco.

El sol descendía hacia los dientes de piedra desnuda de las montañas, y Kino se orientó hacia una grieta oscura y sombreada. De haber algo de agua, estaría allí donde se viera, aunque fuese en la distancia, una brizna de hierba. Y, de haber algún paso a través de la lisa hilera de rocas, estaría en

esa misma profunda grieta. Era arriesgado, porque los rastreadores pensarían lo mismo, pero la botella de agua vacía
cerró el paso a esa consideración. Y, mientras el sol bajaba,
Kino y Juana, agotados, se esforzaban por remontar la pronunciada pendiente hacia la grieta.

En lo alto de las montañas de piedra gris, bajo un pico
de aspecto amenazador, una pequeña fuente manaba de
una quebradura en la roca. Era alimentada por la nieve que
la sombra preservaba durante el verano, y de tanto en tanto
moría completamente, y había rocas desnudas y algas secas
en el fondo. Pero casi siempre borboteaba, fría y limpia y
hermosa. En las épocas en que caían breves lluvias, su volu-
men aumentaba de repente y enviaba su columna de agua
blanca a estrellarse en la grieta de la montaña, pero casi
siempre era una fuente de fluir modesto. Manaba en una
charca y luego caía treinta metros hasta otra charca, y cuando ésta se llenaba, volvía a caer, de modo que así continuaba, más y más abajo, hasta llegar a los pedruscos de la mese-
ta, y allí desaparecía del todo. De todos modos, para
entonces ya no había mucho que perder, porque, cada vez
que caía sobre una escarpa, el aire sediento se la bebía, y
porque desbordaba las charcas y se vertía sobre la vegetación
seca. Los animales de muchos kilómetros alrededor iban a
beber a las pequeñas charcas, y el carnero silvestre y el ciervo, los pumas y los mapaches, y los ratones, todos iban a beber. Y los pájaros que pasaban el día en las malezas, iban por
la noche a las pequeñas charcas que eran como escalones
en la grieta de la montaña. Cerca de este escaso curso de
agua, allí donde la tierra acumulada bastara para echar unas
raíces, crecían colonias de plantas, viñas silvestres y palme-
ras enanas, helechos de cabello de Venus, hibiscos y altos
juncos con cañas plumosas que se elevaban por encima de
las espigas. Y en la charca vivían ranas y renacuajos, y las

lombrices de agua se arrastraban por el fondo de la charca. Todo aquello que tendía al agua iba a esos sitios poco profundos. Los felinos cogían a sus presas allí, y esparcían plumas y tragaban agua a través de sus dientes ensangrentados. Las pequeñas charcas eran lugares de vida a causa del agua, y lugares de muerte a causa del agua, también.

En el nivel más bajo, donde la corriente, tras caer treinta metros, se perdía en el pedregoso desierto, había una pequeña plataforma de piedra y arena. Sólo un hilo de agua se vertía en la charca, pero bastaba para mantenerla llena y para mantener verdes los helechos del saliente del risco, y las enredaderas trepaban por la montaña de piedra y todas las formas de pequeñas plantas encontraban acomodo allí. Los deshielos habían hecho una breve playa arenosa por la cual se desbordaba la charca, y brillantes berros verdes crecían en la arena húmeda. La playa estaba cortada y marcada y pisoteada por las patas de los animales que habían ido a beber y a cazar.

El sol había dejado atrás las montañas de piedra cuando Kino y Juana alcanzaron a remontar la pronunciada e irregular pendiente y llegaron, por fin, al agua. Desde ese nivel, veían todo el desierto batido por el sol, hasta el Golfo azul en la distancia. Llegaron completamente agotados a la charca, y Juana se dejó caer de rodillas y primero lavó la cara de Coyotito y luego llenó su botella y le dio de beber. Y el bebé estaba cansado y malhumorado, y se quejó suavemente hasta que Juana le dio el pecho, y entonces gorjeó y cloqueó contra ella. Kino bebió mucho y con sed en la charca. Luego se tendió un momento junto al agua y relajó todos sus músculos y contempló a Juana mientras alimentaba al bebé, y luego se puso de pie y fue hasta el borde del saliente y exploró la distancia cuidadosamente. Sus ojos se fijaron en un punto y se quedó rígido. En la parte baja de la pendiente, vio a los dos rastreadores; eran poco más que manchas, u hormigas que corrían, con una hormiga mayor detrás.

Juana se había vuelto para mirarle y vio endurecérsele la espalda.

—¿Están lejos? —preguntó con tranquilidad.

—Estarán aquí al atardecer —dijo Kino. Miró hacia arriba y vio la larga y escarpada chimenea de la grieta de donde manaba el agua—. Debemos ir hacia el oeste —dijo, y sus ojos exploraron la piedra detrás de la grieta. Y diez metros por encima, en la piedra gris, vio una serie de pequeñas cuevas labradas por la erosión. Se quitó las sandalias y trepó hasta allí, aferrándose a la piedra desnuda con los dedos de los pies, y miró el interior de las cuevas poco profundas. Tenían sólo un par de metros de profundidad, vaciadas por el viento, pero se inclinaban ligeramente hacia atrás y abajo. Kino se arrastró hacia el interior de la más grande y se echó en ella y comprendió que no podía ser visto desde el exterior. Volvió rápidamente junto a Juana.

—Debes subir allí. Quizá no nos encuentren —dijo.

Sin hacer preguntas, ella llenó su botella de agua hasta el tope, y luego Kino la ayudó a trepar hasta la cueva, y subió los paquetes de comida y se los pasó a ella. Y Juana se sentó en la entrada de la cueva y lo observó. Vio que no trataba de borrar sus huellas en la arena. En cambio, trepó, aferrándose a las hierbas de junto al agua, desgarrando y arrancando helechos y enredaderas a su paso. Y cuando hubo subido unos treinta metros, hasta el saliente superior, volvió a bajar. Observó atentamente la roca lisa que le separaba de la cueva para asegurarse de que no hubiera rastros de su paso, y finalmente subió y se metió en la cueva junto a Juana.

—Cuando suban —dijo—, nos escabulliremos hacia abajo, nuevamente hacia el llano. Sólo temo que el bebé pueda llorar. Debes tratar de que no llore.

—No llorará —dijo ella, y levantó el rostro del bebé hasta el suyo propio, y le miró a los ojos, y él le devolvió la mirada solemnemente—. Él sabe.

Ahora Kino estaba echado en la entrada de la cueva, con la barbilla apoyada en sus brazos cruzados, y contemplaba la sombra azul de la montaña que se desplazaba por el desierto lleno de malezas hasta llegar al Golfo, y la larga penumbra de la sombra estaba sobre la tierra.

Los rastreadores tardaron en subir, pese a que no habían encontrado dificultades en la pista dejada por Kino. Estaba oscuro cuando al fin llegaron a la charca. Y los tres iban a pie ahora, porque un caballo no podía subir la última empinada cuesta. Desde arriba, eran figuras magras en el atardecer. Los dos rastreadores corrieron por la pequeña playa, y vieron el avance de Kino montaña arriba, antes de beber. El hombre del rifle se sentó y descansó, y los rastreadores se acuclillaron cerca de él, y en el anochecer, las brasas de sus cigarrillos resplandecían y menguaban. Y luego Kino vio que estaban comiendo, y le llegó el suave murmullo de sus voces.

Entonces cayó la oscuridad, honda y negra en la ladera de la montaña. Los animales que se servían de la charca se acercaron y olieron a los hombres y regresaron a la oscuridad.

Él oyó un murmullo detrás. Juana susurraba «Coyotito». Le rogaba que se quedara quieto. Kino oyó el gemido del bebé, y comprendió, por los sonidos apagados, que Juana le había cubierto la cabeza con el chal.

Abajo, en la playa, ardió una cerilla y, a su efímera luz, Kino vio que dos de los hombres dormían, acurrucados como perros, mientras el tercero velaba, y vio reverberar la luz del fósforo en el rifle. Y luego la cerilla se apagó, pero dejó una imagen en los ojos de Kino. Lo veía, exactamente cómo estaba cada hombre, dos durmiendo acurrucados y el tercero acuclillado en la arena con el rifle entre las rodillas.

Kino retrocedió silenciosamente hacia el interior de la cueva. Los ojos de Juana eran dos chispas reflejando una estrella baja. Kino se arrastró sin hacer ruido hasta ella, y puso los labios cerca de su mejilla.

—Hay una salida —dijo.

—Pero te matarán.

—Si cojo primero al que tiene el rifle... —dijo Kino—. Debo cogerle primero. Entonces todo irá bien. Dos duermen.

La mano de ella salió de debajo del chal y le aferró el brazo.

—Verán tus ropas blancas a la luz de las estrellas.

—No —dijo él—. Y tengo que ir antes de que salga la luna —buscó una palabra dulce y luego desistió—. Si me matan —dijo—, no te muevas. Y, cuando se vayan, vete a Loreto —la mano de ella tembló un poco al cogerle la muñeca—. No hay elección —dijo—. Es el único camino. Nos encontrarán por la mañana.

—Ve con Dios —dijo ella, y su voz vaciló ligeramente.

Él la miró desde muy cerca y vio sus grandes ojos. Su mano se tendió en la oscuridad y durante un momento su palma se detuvo en la cabeza de Coyotito. Y luego Kino alzó la mano y tocó el talle de Juana, y ella contuvo la respiración.

Contra el cielo de la entrada de la cueva, Juana vio a Kino quitarse sus ropas blancas, pues, por sucias y desgarradas que estuviesen, destacarían en la oscuridad de la noche. Su propia piel morena sería una mejor protección para él. Y luego ella vio cómo enrollaba la cuerda que sostenía su amuleto pendiente del cuello, alrededor del mango de asta de su gran cuchillo, de modo que éste quedara colgando ante él y le dejara las dos manos libres. No volvió hasta donde estaba ella. En un momento, su cuerpo estaba, negro, en la entrada de la cueva, agachado y en silencio, y en el siguiente había desaparecido.

Juana se arrastró hasta la entrada y miró hacia afuera. Miró como un búho desde el agujero en la montaña, y el bebé dormía bajo la manta en su espalda, con la cara vuelta hacia su cuello y su hombro. Juana sentía su cálido aliento contra la piel, y susurró su combinación de plegaria y conjuro, sus avemarías y su antigua intercesión, contra las negras cosas no humanas.

La noche le pareció un poco menos oscura cuando miró hacia fuera, y hacia el este había un resplandor en el cielo, cerca del punto del horizonte por el que saldría la luna. Y, mirando hacia abajo, vio el cigarrillo del hombre de guardia.

Kino se desplazó como un lento lagarto por la roca lisa. Había vuelto su collar de modo que el gran cuchillo colgara en su espalda y no pudiese chocar contra la piedra. Sus dedos extendidos se aferraban a la montaña, y los dedos desnudos de sus pies buscaban apoyo al tacto, y aun su pecho se acomodaba a la piedra para no resbalar. Porque cualquier sonido, el rodar de un guijarro o un suspiro, un ligero desliz de la piel sobre la roca, despertaría a los centinelas debajo. Cualquier sonido no relacionado con la noche les alertaría. Pero la noche no era silenciosa; las pequeñas ranas que vivían cerca de la corriente de agua gorjeaban como pájaros, y el alto repique metálico de las cigarras llenaba la grieta de la montaña. Y en la cabeza de Kino sonaba su propia música, la música del enemigo, baja y monótona, casi dormida. Pero la Canción de la Familia se había hecho tan fiera y áspera y felina como el gruñido de un puma hembra. La canción familiar vivía y le guiaba hacia abajo, hacia el oscuro enemigo. La ronca cigarra parecía recoger su melodía, y las gorjeantes ranas cantaban algunas de sus frases.

Y Kino se arrastró silenciosamente, como una sombra, por la lisa cara de la montaña. Un pie desnudo se desplazaba unos pocos centímetros y sus dedos tocaban la piedra y se afirmaban, y el otro pie hacía lo mismo, y luego la palma de una mano bajaba un poco, y luego la otra mano, hasta que todo el cuerpo, sin dar la impresión de haberse movido, se había movido. La boca de Kino estaba abierta de modo que ni siquiera su aliento produjera sonido alguno, porque él sabía que no era invisible.

Si el centinela, al percibir movimiento, miraba hacia la zona oscura de la piedra en que se encontraba su cuerpo, le vería. Kino debía moverse con la lentitud necesaria para no atraer los ojos del guardia. Le llevó un largo rato llegar hasta el fondo y agacharse tras una palmera enana. El corazón tronaba en su pecho, y sus manos y su rostro estaban empapados en sudor. Se agachó y aspiró larga y lentamente varias veces, para calmarse.

Sólo seis metros le separaban del enemigo, e intentó recordar cómo era el terreno allí. ¿Había alguna piedra que pudiera hacerle tropezar en su ataque? Se acarició las piernas, temeroso de los calambres, y descubrió que tenía los músculos contraídos tras el largo esfuerzo a que habían sido sometidos. Y luego miró aprensivamente hacia el este. Ya faltaban pocos momentos para que saliera la luna, y él tenía que atacar antes de que eso ocurriera. Veía el perfil del centinela, pero los hombres que dormían se encontraban por debajo del nivel de su visión. Kino debía lanzarse a por el centinela..., lanzarse pronto y sin vacilar. Sin un sonido, hizo girar el collar, pasó por encima del hombro su gran cuchillo y desató el lazo que sujetaba el mango de asta.

Era demasiado tarde, porque, en el instante en que se incorporó, el filo plateado de la luna surgió sobre el horizonte oriental, y Kino volvió a ocultarse tras un arbusto.

Era una luna vieja y maltrecha, pero arrojaba luz neta y sombra neta sobre la grieta de la montaña, y ahora Kino veía la silueta sentada del centinela en la pequeña playa de junto a la charca. El centinela miró de frente a la luna y luego encendió otro cigarrillo, y la cerilla iluminó su oscuro rostro durante un instante. Ya era imposible esperar más; cuando el centinela girara la cabeza, Kino debía saltar. Sus piernas estaban tensas como resortes.

Y entonces, de arriba, llegó un llanto apagado. El centinela volvió la cabeza para escuchar, y luego se puso de pie, y uno de los durmientes se agitó en el suelo y despertó y preguntó en voz baja:

—¿Qué es eso?

—No sé —dijo el centinela—. Sonó como un grito, casi como un ser humano... como un bebé.

El hombre que había estado durmiendo dijo:

—No se sabe... Algún jodido coyote con su cría. He oído un cachorro de coyote llorar como un bebé.

El sudor rodaba en grandes gotas por la frente de Kino, y se metía en sus ojos y los hacía arder. El llanto se dejó oír una vez más, y el centinela levantó la vista hacia el punto de la montaña en que se encontraba la cueva.

—Coyote, quizá —dijo, y Kino oyó el chasquido cuando el otro quitó el seguro del rifle—. Si es un coyote, esto lo callará —dijo el centinela mientras levantaba el arma.

Kino estaba en mitad del salto cuando sonó el disparo y el destello dejó una imagen en sus ojos. El gran cuchillo osciló y crujió sordamente al bajar. Atravesó el cuello y entró profundamente en el pecho, y Kino ya era una máquina terrible. Cogió el rifle al tiempo que liberaba su cuchillo. Su fuerza y su movimiento y su velocidad eran los de una máquina. Giró y fue a partir la cabeza de un hombre sentado como si de un melón se tratara. El tercer hombre salió corriendo como un cangrejo, se metió en la charca y luego empezó a trepar frenéticamente, tratando de alcanzar el saliente desde el cual caía el agua. Sus manos y sus pies se enredaron en la trama de la enredadera, y gimió y farfulló mientras trataba de liberarse. Pero Kino era tan frío y mortífero como el acero. Lentamente, movió la palanca del rifle, y luego lo levantó y apuntó cuidadosamente e hizo fuego. Vio a su enemigo caer de espaldas en la charca, y Kino dio unos pasos hacia el agua. A la luz de la luna, vio los ojos aterrorizados, y Kino apuntó y disparó entre los ojos.

Y entonces, Kino se detuvo, indeciso. Algo iba mal, alguna señal trataba de abrirse paso hasta su cerebro. Las ranas y las cigarras habían callado. Y entonces el cerebro de Kino se liberó de su roja concentración y reconoció el sonido: el agudo, lastimero, cada vez más histérico grito procedente de la pequeña cueva en la ladera de la montaña de piedra, el grito de la muerte.

Todos en La Paz recuerdan el retorno de la familia; quizás alguno de los viejos lo haya visto, pero aun aquellos a quienes les fue narrado por sus padres y por sus abuelos, lo recuerdan. Es algo que les ocurrió a todos.

Era ya el final del dorado atardecer cuando los primeros niños, a la carrera, histéricos, penetraron en el pueblo e hicieron correr la voz de que Kino y Juana regresaban. Y todo el mundo se apresuró a salir a verles. El sol se ocultaba tras las montañas del oeste y las sombras en el suelo eran alargadas. Y quizás haya sido eso lo que causó tan profunda impresión en quienes les vieron.

Los dos entraron a la ciudad por el desparejo camino de los carros, y no iban en fila, Kino delante y Juana detrás, como de costumbre, sino uno al lado del otro. El sol estaba tras ellos y sus largas sombras les precedían, y parecían llevar consigo dos torres de oscuridad. Kino llevaba un rifle cruzado en el antebrazo y Juana el chal colgado a modo de saco sobre el hombro. Y dentro había un bulto pequeño y lánguido. El chal tenía costras de sangre seca, y el bulto se balanceaba un poco con el andar de la mujer. Su rostro estaba duro y agrietado y curtido por la fatiga y por la tensión con que combatía la fatiga. Y sus ojos enormes miraban fijamente hacia su interior. Estaba tan remota y ausente como el Cielo. Los labios de Kino estaban apretados y su mandíbula, rígida, y la gente dice que llevaba el miedo con él, que era tan peligroso como una tormenta naciente. La gente dice que, los dos parecían apartados de la experiencia humana; que habían pasado a través del dolor, y salido al otro lado; que había casi una protección mágica a su alrededor. Y la gente que se había precipitado para verles, retrocedió en grupo y les dejó pasar y no les habló.

Kino y Juana cruzaron la ciudad como si no estuviesen allí. Sus ojos no miraban ni a la derecha ni a la izquierda ni hacia arriba ni hacia abajo, sino que miraban sólo hacia adelante. Sus piernas se movían de un modo un tanto espasmódico, como si fuesen muñecos de madera bien hechos, e iban rodeados de columnas de negro miedo. Y, mientras cruzaban la ciudad de piedra y argamasa, los agentes de comercio les espiaban desde ventanas con barrotes, y los sirvientes pegaban un ojo a la hendija de una puerta, y las madres hacían volver el rostro hacia sus faldas a sus niños más pequeños. Kino y Juana cruzaron, el uno junto al otro, la ciudad de piedra y argamasa y, más abajo, pasaron por entre las cabañas, y los vecinos retrocedieron para dejarles pasar. Juan Tomás alzó la mano para saludar y no pronunció el saludo y dejó la mano en el aire un instante, indeciso.

En los oídos de Kino, la Canción de la Familia era tan fiera como un grito. Él era inmune y terrible, y su canción se había convertido en un grito de batalla. Pasaron por el terreno quemado en que había estado su casa sin siquiera mirarlo. Pasaron por sobre la maleza que bordeaba la playa y bajaron a la orilla del agua. Y no miraron hacia la canoa rota de Kino.

Y cuando llegaron a la orilla del agua, se detuvieron y contemplaron el Golfo. Y entonces Kino dejó caer el rifle, y hurgó entre sus ropas, y luego sostuvo la gran perla en la mano. Miró en su superficie, y ésta era gris y ulcerosa. Rostros malvados le miraban a los ojos desde allí, y vio la luz del incendio. Y en la superficie de la perla vio los ojos frenéticos del hombre de la charca. Y en la superficie de la perla vio a Coyotito, tendido en la pequeña cueva con la cabeza partida por una bala. Y la perla era fea; era gris, como una excrecencia maligna. Y Kino oyó la música de la perla, distorsionada y loca. La mano de Kino tembló un poco, y él se volvió lentamente hacia Juana y le ofreció la perla. Ella estaba a su lado, sujetando aún su carga muerta sobre el hombro. Miró la perla en la mano de él durante un instante y luego miró a Kino a los ojos y dijo dulcemente:

—No, tú.

Y Kino revoleó el brazo y lanzó la perla con todas sus fuerzas. Kino y Juana la miraron partir, titilando y brillando bajo el sol poniente. Vieron la leve salpicadura en la distancia, y se quedaron el uno junto al otro contemplando el lugar durante un largo rato.

Y la perla entró en la hermosa agua verde y cayó hacia el fondo. Las ondulantes ramas de las algas la llamaban y le hacían señas. Las luces en su superficie eran verdes y bellas. Se posó en el fondo de arena entre los helechos acuáticos. Encima, la superficie del agua era un espejo verde. Y la perla yacía en el fondo del mar. Un cangrejo que corría por el suelo levantó una nubecilla de arena, y cuando ésta se posó, la perla ya no estaba.

Y la música de la perla derivó hacia un susurro y desapareció.

TÍTULOS PUBLICADOS